韵珂 著

一梦江湖远

唐雲题

通往世界的路上，
我一直努力散发光芒，
虽然仍有一些柔弱的羞怯感。

西安出版社

目录

永忆江湖归一醉（代序）

野夫

1

书，重要；但阅人多少，似乎更重要。尤其对文学写作者而言，这一点，窃以为特别关键。

世界上从来不乏深居简出的书虫写手，宅在家里闭门造车，引经据典；也能根据对人生的二手经验，根据从影视书籍而来的间接生活，虚构出一批精巧文章。但是，多数此类文字，构思精致而近伪，巧言令色而近妖。没有沉甸甸的原生态生活打底，没有自身所处时代的特有背景着色。那么，我视此类文字为文艺创作，而非人生作品。

文艺创作的人，稍有天分，稍微勤奋，便可著作等身。容易盆满钵满，也容易名满天下。倘若以写作为业务，以此干俸禄，当然不失为一种活法。

而我眼中的“人生作品”，则是那些看上去并不怎么文学的著述。这样的写者，是大地苍生中的横行者，是苛酷世界的体验者。他们终其一生，都在身体力行地探索形形色色的生计和生活，似乎总是命悬一线地在经受各种命运的考验和摧折。五花八门的乱打乱撞，似乎才是今生今世的主业。而最后血泪凝成的文字，不过是回望来路的副产品。

这样的人生作品，还原的是芸芸众生中，个体生命的本相，背后呈现的却是当代史。是时潮沧桑的畸零者，他们那些歌哭无常的沉浮荣辱，在真实旁证此世的惊惶失措。

2

韵珂女士，近乎兄弟相视的朋友。当年在王七婆的宴会上杯酒订交，一晃又是数年。这数年，当然是惊涛骇浪的“动如参与商”。她像侠女一般的来去无迹，时隐时现，隔两年总能在一些意想不到的酒局上捉杯厮杀。

很长时间，我只知道她是一个小商户，一个拼杀于超市的脱贫者。经济既不土豪，大概也不窘迫。看微信偶尔了解她，一会儿去登了云南的雪山，一会儿又去转了西藏最偏僻的神山。每次都差点回不来，似乎每次也都有一些神佑，忽然又出现在人间。在人间的活动也很复杂，就像传奇小说中的女侠，塞北江南的转场，仿佛都是一夜间的事情。

又忽然，前两年还真的失踪了一阵子。我大抵道听途说了一些险情，不免为她捏一把冷汗。但我知道，这种泥途中打滚了半辈子的人，见惯了生死聚散，就是那种打不死的白骨精。果然，未几，她又活跃于朋友圈了。有时想，很多时候，她就像一个女版野哥——爱交各路朋友，还爱饮酒，爱恶作剧，嬉皮笑脸而内心庄敬地活着。

惭愧的是，我只泛泛了解她喜欢读书，在她的故乡常德，他们有一个比较高端的读书会。但是，我竟然一直不知道，她还在写作。而且早就在网络江湖上，因其文字的野性，打出了一些名头。她很长时间来，在我面前从未提及自己的履历和文学之路。每一次酒聚，扯的也都是江湖上的各种闲白。

当她突然捧出这一摞书稿，略显羞涩地请我作序时，我确实有一点掩饰不住的惊异——这个传说中孙二娘一辈的人物，竟然还有这种雅兴？

3

出于好奇，我难得认真地读完了全书。释卷怆然良久，为自己曾经的忽视而不安。

我们在这个世界交往很多人，形形色色，见面有说有笑，甚至也能两肋插刀。但其实，很多半途相遇的朋友，你如果没有机会访谈，没有可能阅读他的自叙，你其实真不清楚其来路——他有怎样的家世身世，有什么人间遭际，如何形成的今天的他。这些问题，社交场上讳莫如深，往往就错过了辨识物色的机会。

韵珂的《一梦江湖远》，絮絮道来，说的都是她半生走来的经历，她曾交往的师友故人，她的父母血亲。这些人中的多数，都算是这个社会寻常看不见的草根。他们从人海里经过，或沉默如石，或纵浪若云，很多时候，即便头角峥嵘，也都是深藏功名。个体的精彩浮沉，艰难悲辛，如果不是被记录下来，那些动人的故事，往往飘散于风中。

我算是非常熟悉这一类人物的，我的命途中，也曾结识过许多此类同道。他们像是战国纵横、魏晋风骨的遗子，是吾族文化中百折不挠的那一支江湖道统，千载之后的一脉相承。他们也许身怀利器，却藏锋不露，轻易不示与人。也许朴讷卑微，一生失败，却始终坚守善与爱的初心。

正是这样一些普通人的存在，才让我们对雪后的大地，依旧满怀春温。即便在最无望的时刻，还期待必将抵达的信风。也正是生命中这样一些奇缘邂逅，构成了韵珂我们这些男女的品性底色，以及这些看似平淡、却不负此行的文章。

4

大抵是钱钟书先生说过类似的话——每到图书馆，看见那么多的书，坐在那里看着你，顿时就想搁笔不写了。我也时常有这样的悲观，感觉前人之述备矣，多一本我辈的著述，基本也算是泥牛入海。有些人，依靠写作谋功名，干俸禄，评职称，只好一泄到底。还有另外一些人，写作只是生命的冲动，只是生计外的玩闹。至于出版，也不过赠与同道，留给子孙，算是让后人绵延一段书香。就像韵珂的父亲和那位乡村教师，曾经给过她的哺育一样。

韵珂的这本书，在我看来，就是这样的产物。她似乎从来没想过，要凭这样的私人叙事，去博取大雅之堂的垂爱。也因此，你可以说这些文本，远没有高头讲章所要求的精致。但是，她这些文字是有生气，更接地气的记录，远比那些向壁虚构故弄玄虚、刻意玩弄技巧的文人写作，显得更有力量。

生年不满百，如何活过我们有限的一生，常常是一个问题。鲁迅先生诗曰：万家墨面没蒿莱……其实想来真是悲哀。无穷的人们，悄无声息抑或毫无趣味地走完全程，最终归于蓬蒿黄土，仿佛未曾经历此世。倒是像韵珂这样恣意率性的活法，随心所欲的写作，胆大妄为的爱憎，显得更像是该有的人生。

这样的人生，当然该比常人承担更多的苦痛，也该分担世间更多一点的沉重。人也不堪其忧，回也不改其乐——这似乎便是我辈自赋的命运。来过到走过，沿途洒下的汗血，凝结成几行文字，便差堪告慰矣。至于功名利禄，确确乎视之若云烟。

在一个最怕写序或者最不配写序的时候，杂乱写下这些文字，只为向朋辈推荐一个普通人的记录。我深信多数人读罢本书，会为她笔下那些人物扼腕叹息，会为我们今生尚无缘结交这些风尘高谊，而略感遗憾。

2019年3月31日

写在前面

韵珂

《一梦江湖远》收录我近些年随手写下的各种文字，凡二十七篇，分上、中、下三部分，各九篇。

上九篇为江湖人物画像：如《老道散记》，一个放浪形骸重情重义的山东汉子；《画家侯飞》，一个书画皆精有情有趣的“中原牡丹王”；《芴漠无形，博大真人》写庄子故里一个青年人如何践行传统文化，去影响身边的人；《书里书外识野夫》和《倾盖相逢歌一曲》等，乃文圈小粉丝跟大佬交朋友的故事；《大姐大》是一个湘西北大地上新版的及时雨……

中九篇记乡人亲友杂事：深情记事如阴阳相隔的《父亲》、师恩深重的《先生》，玄幻记事如精神失常的《老大》，莫测记事如世事无常的《南方无雪》、时光深处的《再回首》……看不尽世事歧路，猜不透人心吊诡，徒留一声喟叹。

下九篇系四方游历之见闻：如《一双胶鞋》写徒步中印边境线之奇遇，《梦游归来》录江南私家琉璃博物馆之见闻，《生的暇隙》是洱海边一场风花雪月的相逢，《冰凉的魅惑》记挑战生命之极限的攀登……

二十七篇文字，壮阔有之，幽微有之，夜深翻阅，记忆重现，不禁唏嘘，忽想起几行不知哪里看到的诗句：

本是江湖一梦，
却成断肠之情。
游人尚未散尽，
再饮几杯莫停。

是为记。

2019年3月25日

上篇//

倾盖相逢歌一曲

老道散记

1

清晨，手机铃声大作，我的发财梦被粗暴打断，万分懊恼地摸过手机放在耳边，却并没有说话声，正打算挂掉时，一阵低沉悠扬的乐声响起，竟是陶埙吹奏出的一曲《鸿雁》。错不了，这一定是道爷继笛子、葫芦丝和箫之后摆弄的新乐器了。

自打道爷无师自通地鼓捣响了那根笛子之后，他的音乐才华就一发不可收。最初的几天里，大家一见他横笛在手，就赶紧捂耳逃窜，那生硬、尖锐、磕磕碰碰的笛声如一记记利剑，反复穿刺耳膜，非武林高手不能消受。而那厮视他人的躲避和抗议如无物，始终旁若无人。更奇妙的，是他对乐理一窍不通，我说干了十几杯水的唾沫，才勉强让他明白了什么叫节拍。

起初，我不相信他能吹出调调儿来。于是两人打赌，赌注是在十字路口指挥交通。当时我的脸上，想必是一副稳操胜券的嚣张模样。

一星期后，我在他得意扬扬的笛子伴奏声中充当了一小时业余交警，幸好是在半夜！待我灰头土脸地从马路中央撤下来时，心中暗暗发誓：以后再也不跟那厮打赌了！

2

初识道爷是2008年，标准网友。

头一年，走了一趟西藏，涤魂荡魄、易骨洗心，归来自觉心灵忽入大境，喜悦自豪之感日渐在心底发酵，觉得若不挥毫泼墨、吟哦澎湃一番，不足以表达对那片神秘净土的充沛感情。于是开博写文，热热闹闹地结识了一大群在博客上吟诗作赋、指天骂地的江湖豪士。这其中就包括道爷。

道爷文字功底好，出活儿快，诗词歌赋无一不精，但性情格外散淡。偶尔勤快起来，一天更新数篇博文，作诗填词张口就来；懒惰起来则几天不吱声儿，让人疑心那厮还否健在。

道爷是最早在互联网上玩文字的人。20世纪末，他伙同潇湘妃子、梦醒梅花下、种桃道人等大侠，占据各大中文网站论坛，着实叱咤风云了一段时日。尔后，他结识了才华横溢的瞎子，以及年方十八的今何在，三人相约颠覆《西游记》，今何在写成名噪一时的《悟空传》，瞎子写成《佛裂》，而道爷的《另一世界》在老搜狐上断断续续更新了二十几万字后，终因其懒散而不了了之。老搜狐改版后，《另一世界》文稿全部丢失。后来道爷又重写了一部分，我看过几个章节，其着笔狂放，颠覆纲常，令人不可逼视：

引子：戚氏·西游之一

欲寻天，弹杯把酒渡飞烟。三界邀神，乘风揽雾弄翩跹。微寒，竖旗杆，千坛烈酒漫两边。且醉放歌高亢，酒罢今朝酒依然。休吟雅事，李杜逝远，暗了些许缠绵。任云卷云舒，银河大浪，自饮连环。

斜步大圣山前，天龙绕柱，也是意阑珊。菩提树，向来无果，只结黄衫。想当年，天马行空，谁人解我，懒睡桃园。不破边界，纵是西行，空空去空空还。

恍恍如一梦，未生旧时，白玉之斑。醒来街头山畔，共青樽玉液随意欢。老庄慢去迟迟，少时一顾，必惊蝴蝶变。怎奈何，千杯难盛怨。堪似我，道自心间，轻狂处，有泪难潸。倒书案，焚了叠叠宣，钢刀在手，妖魔看我，铁箭在弦。

3

道爷本姓郭，济南人，祖上风光，曾有“郭半城”之盛名。郭家读书人极多，道爷父辈，兄弟姊妹八人，个个博学多才、满腹经纶。但至道爷一辈，仅得道爷一丁。道爷家居济南城中心地带，郭氏一族经历年变故、数度拆迁，仅仅保住了一个小小的院落，那“郭半城”的时代早已一去不返。

童年的道爷性格顽劣，人送绰号“胡汉三”。及至初中，其父请得一道家名师，教其念经学道，研习书法，学练太极，不到一年工夫，竟是性情大变，由脱缰顽童而成沉郁少年。

少年道爷坐初中教室最后一排，书包里不装课本，只有一堆天方夜谭般的破旧经书。少年道爷很少抬头看前方黑板听老师授课，也不捣乱，只埋头做自己的事；少年道爷不做作业，考试多为零分；天气温暖时节，少年道爷于课桌下放一水盆，里面养两只小螃蟹，夹脚趾玩儿；少年道爷上课时随时可能起身离室，走到操场上目光或深远或呆滞地闲逛；少年道爷跟谁都不说话，没有同龄玩伴，是谁都无法效仿的问题少年；少年道爷在初三最后一学期突然发力，头悬梁锥刺股，不分昼夜刻苦用功，中考竟以全校第二名进入重点高中。

青年道爷就读于某美术学院，毕业分配至某大学任教，三月后即拂袖而去，自此混迹江湖。绘户外墙体画、修自行车、开集装箱大卡、做企业培训、任职业经理人、当药贩子、办医疗器械厂……道爷从青年走向中年的路途中，前前后后干了不下十八个行当，一度腰缠万贯，也时而身无分文。

4

2008年中秋过后，道爷到无锡出差。既知要晤面，自然张罗吃酒。

敲响酒店房门，但听里面大声喝问："何人在外喧扰？"

我朗声答："杨子荣！"

那人又道："天王盖地虎！"

我又答："宝塔镇河妖！"

房门打开，一彪形大汉出现在我眼前。但见此人：年约四十、身长八尺，满面黑须、顶无寸发，剑眉怒目、厚鼻阔嘴，对襟长衫、平底布鞋。这酷似鲁智深的家伙弯腰低头，翕着鼻子问道：

"我怎闻得有酒香？"

我亮一亮手中的牛皮酒囊，豪迈地挥手：

"走！兄弟请你喝酒去，原浆！"

午后三点，不到饭时，满大街的馆子闭门歇息，最后只在一菜市场边上找到个烧烤摊。我俩当街一坐，点了一碟花生米、一把肉串儿，就势喝起酒来。

这是我跟道爷初次见面，彼此尚不知对方真名实姓，但这并不妨碍杯盏往来、一见如故。

道爷自顾自倒上半杯，一仰脖子，大口烈酒下去，叫一声："好！"连续三声叫好后，道爷这才跟我说上话：

"兄弟，这酒不错！"

我哈哈一笑：

"那是！压箱底的货，就剩这三斤，喝了也就没了。"

摊主是位小伙子，手艺差得一塌糊涂，肉串儿不是生的就是煳的。道爷吃了几串后，朗声对那小伙子说：

"我说兄弟，你别忙活了，给爷熟食店里买点猪头肉切点猪耳朵，一起来喝酒吧！"

那满头是汗的小伙子从烟熏火燎中抬起头，诧异地看了道爷一眼，没敢吱声儿。道爷摸出一百块钱，往小伙子眼前一递："别愣着，快去！"

那小伙子急忙在围裙上擦了下手，接过钱，一溜小跑去了。

就着一堆猪头肉一堆猪耳朵一盘花生米，酒喝得更加来劲，摊主很快就趴在桌上不省人事，道爷和我仍在推杯换盏、谈笑风生。

黄昏来得悄然，有过路行人来摊上吃烤串儿，道爷看了看烂醉如泥的摊主，对我一笑：

“兄弟，打下手，瞧瞧咱的手艺！”

但见道爷挽起袖子，操起蒲扇，往烧烤炉前一站，迎风扇旺了炉火，对大街上来来往往的行人吆喝道：

> “哎哎——谁烤的肉串最好吃哎——嘿唷喝嘿！吃完以后还想吃哎——嘿唷喝嘿！”

道爷唱完扫了我一眼，我一秒钟都没思考，接口就和：

> “咱烤的肉串最好吃哎——嘿唷喝嘿！吃完以后还想吃哎——嘿唷喝嘿！”

在我俩这即兴而来的刘三姐式的唱和声中，摊前霎时聚满了人，吃东西的问价格的看热闹的乱哄哄围了一圈，道爷大喝一声：

“各位客官，咱这烧烤源自祖传老方，牛羊猪肉串味道、火候各自不同，通尝一遍才能品出其中美妙，三块钱一串，坐等即来！”

好在那摊主备货不少，猪肉串鸡肉串韭菜串黄瓜串辣椒串茄子串……我胡乱往烧烤炉上放，道爷一排排码好，一边扇火一边翻，间或刷油撒盐撒孜然粉撒辣椒末儿，竟是井井有条！

道爷嘴里也没闲着，花样百出地说着即兴的段子，把众人乐得半死！

摊前里三层外三层围满了人，道爷烤好一排被人拿走一排，开始我还手忙脚乱地收钱找零，后来道爷又有新规定：

“一组二十块，多不卖少不卖有二十块钱儿的往前站呵！”

众人轰地一声齐齐向前挤成一团，跟一帮托儿似的。

那个晚上，道爷把个烧烤摊儿侍弄得风生水起，卖光了小伙子准备的所有食材，把钱汇拢一数，竟有八百元之多！夜里十点，小伙子醒来，看着我和道爷仍在边上坐着喝酒，又看了看空空如也的烧烤摊儿，大惑不解。我笑着把理好的一沓子钱往小伙子面前一放，说：

“数数吧，我们帮你打了一晚上工。”

我和道爷手挽着手大笑着在街上行走，街灯昏黄，夜色茫茫。我傻呵呵问道：

“你那烧烤手艺真是祖传的吗？”

道爷笑着，未予作答，却忽然说道：

“兄弟，咱们唱一曲如何？”

我说：“中！”

于是，微凉的秋风中，我俩迎着路人的惊讶目光引吭高歌：

沧海笑/滔滔两岸潮/浮沉随浪记今朝

苍天笑/纷纷世上潮/谁负谁胜出天知晓

江山笑/烟雨遥/涛浪淘尽红尘俗事知多少

……

5

次年冬天，道爷回济南取道常州看个朋友，我从无锡赶过去一聚。

道爷着深灰棉袄，土黄布裤，平底棉鞋，大马金刀地坐在朋友老李家客厅沙发上喝酒。茶几上有碟花生米、一盘拍黄瓜，老李坐道爷侧面沙发，老李媳妇儿小邵正在厨房里乒乒乓乓切切炒炒，老李五岁的娃儿多多在餐桌上画一幅漫画儿。道爷对门口正在换鞋的我招呼一声：“兄弟，酒已倒上，赶紧的！”俨然天天一起厮混的难兄难弟。

我走过去坐在道爷对面椅子上，觉得茶几太矮椅子太高，不爽，就索性双腿一盘，坐在了地板上。道爷赞许地一点头，说：“兄弟你很靠谱，俺们大家都坐地上。”

道爷酒量大，喝酒也不怎么就菜，咂巴一颗花生米就能干下半杯，也不劝人，自顾自喝，基本是他喝两杯我和老李喝一杯，等小邵侍弄的四道热菜端上茶几时，我们仨已干掉了两瓶二锅头。道爷霍地站起来，说：

“走，咱们找个烧烤摊儿，清风明月堪下酒，怒夜佳朋好放歌！”

小邵带娃睡觉，道爷老李我们仨拎着两瓶二锅头下楼，在常州街上穿行，不多时在一个十字路口找到一片夜市摊，寻了个三两张小桌子的烧烤小摊儿坐下，胡乱点了三二十串肉食，又喝起来。

夜市人来人往非常热闹，我们喝得也文明，慢条斯理吃点肉串儿，说点闲话。基本都是道爷和老李在说，我听着。

话说这老李，年纪跟道爷差不多，那可是土生土长的蒙古人，幼时父母离异，各自组建家庭，老李十二岁开始摆小水果摊儿养活自己，还硬是一边干活儿一边上学读到了大专，然后参军，退役后工作过一阵儿，然后下海经商，1996年跟同样在商海折腾的道爷相识，一见如故。

老李在20世纪90年代末折腾出了大动静，开着自己的药厂，有几十家药店，钱如流水般进来，买了N套房，弄了四五百平方米的办公室，每日邀朋会友推杯换盏，风光得一塌糊涂。2003年，老李的生意开始走下坡路，很快就一落千丈，很快就关厂闭店，很快就卖房卖车，很快就两袖清风。恰在那时，道爷也时运不济，这哥儿俩，相互携扶着走了一段儿，但随着最后一处房产的变卖开了一家药械公司、又因流动资金不够各方打点而倒闭后，彻底归于清贫。道爷强大，能屈能伸，什么活儿都肯干，能力强，加之朋友圈子广，很快就有朋友搜罗过去，在赣中开了家药厂，道爷技术入股百分之二十；但老李，骨子里的孤独、清高和自卑，令他在人生的低谷越陷越深。

我听着他俩的交谈，着实感慨人生之无常，但我并不插话。天空忽然飘下细雨，后渐渐变大，食客纷纷撤退。摊主看着我们并无离席打算，就撑开两把大伞，一把罩住烧烤炉子，一把罩在我们头顶。

雨势渐大，又起了风，雨从我身后的方向飘进来淋到我身上，道爷一声不吭走过来跟我调换了位置，我们继续喝着。道爷和老李停了说话，大家静静地听雨落在伞顶的声音，偶尔喝一口酒，老李的眼眶红红的。道爷看我一眼，说："兄弟，唱支歌吧。"我说好。我唱了一支《鸿雁》，唱时老李头埋在桌子上，不吱声儿，而道爷一边抽烟一边望向雨夜，不知在想什么。

一曲既罢，大家沉默，只有摊主好奇的目光偶尔瞟向我们。

忽然，道爷站起来，推开桌子，往那块干净的地方一站，说：

"兄弟，人生匆匆多是寡淡，能遇闻香识味者乃大缘，若不嫌弃，大家拜个把子，从此你就是我和老李的小兄弟。"

我一愣，赶紧站起来，和老李分站在道爷左右，道爷在前方点了三支香烟，放在一个空盘里用两根筷子夹住，三个人就对着雨夜磕下头去。

6

再见道爷，是2010年夏天，仍在常州。

道爷已离开赣中的药厂，奔走在常州的烈日下寻找店面。在此之前，我们在电话里约好，要开一家古色古香隋唐风格的饭店，打造一个朋友的江湖。

地点选在常州，其原因我跟道爷心照不宣。老李在这个过程中间情绪始终不高，但这不要紧，我和道爷坚信，凭我俩的气场，足以改变老李。

店址很快选定，转让费房租物业费以及办各种证照……一下就花掉了几十万，接着装修，置办厨房灶具和家具用品，等开业时，我和道爷已花光各自所有积蓄。

三个月后，一个叫“隋唐演义”的饭庄在朋友们的吆喝声中隆重开业。

那是一幢二层小楼，青砖砌墙竹篱翘角，一楼木格雕窗外，一溜红灯笼自檐角垂下，古色古香。牌匾由道爷手书，斗大的金粉字闪闪发光。推开木门，是一道雕花木屏，屏后放一古筝；道爷在大堂右侧摆了一卦摊，闲来无事给食客们看相算命胡诌一番，借此联络感情、涵养客户。卦摊旁边还有张画案，道爷行家出身，书画俱佳，高兴时随手一乐。大堂左侧是一溜书架，摆满了各类杂书；书架前是一套柏木根雕茶海，紫砂茶具茶香氤氲。大堂内摆有二十四张八仙桌，能同时供近二百人宴饮。大堂正面靠墙处是一道木楼梯，二楼另有雅座十二间，还能招待近百人。

时值深秋，残风扫叶，满地枯黄。

道爷说："此萧瑟景象，让人颇不爽利！"于是取了扫把，将门口清理一番。可饭店所在的商业街东西长约两百米，刚扫干净，风一吹又复旧貌。道爷凝视一地的枯叶，思考了分把钟，竟扛着扫把从东往西扫了一整条街，这一扫，就是四十分钟。这一扫，就是两个月。

每日清晨，光头长袍的道爷打扫完毕后，管片的环卫工人们也都上班了。于是，环卫工们日常清洁时，对我们店周围打扫得特别认真；城管们也归还了之前没收的、由道爷亲手制作的那面大酒旗，并破天荒地允许我们在门口砌鱼池、种丝瓜。

很久以后，有次酒后说起这事儿来，道爷说：

"很多时候，我们与美好之间，只有向着一个微小的善念行走的距离。"

那些日子，每天是这样开始的：道爷拎着扫把回到店里，煮上一大锅足够全店员工吃的面条，然后我们三兄弟开始喝酒，一直喝到深夜店里打烊。我们坐在大厅正中一张八仙桌边，指天骂地谈古论今，一碗碗烈酒横扫了一个个晨昏，浓烈的酒香里，摇晃的红灯笼映照着店里无处不在的琴棋书画，映照着古装飘飘的小二们笑容可掬的脸，扑朔迷离得与梦境无二。

道爷时常喝着喝着就来了兴致，不是吟诗就是作赋，朗诵《满江红》是道爷的经典节目，偶尔还吼一嗓子秦腔。往往，食客们正吃着饭喝着酒聊着天儿，忽听得桌子一拍，就见身着对襟长衫的道爷自长凳边站起，一只脚抬起横踩在长凳上，折扇开合之间，《满江红》便自道爷口中铿锵而出，词中那悲愤激烈、杀气腾腾之气让道爷剑眉竖起、目光似炬。大家提心吊胆地看着道爷，直等拖长了尾音的最后一句“待从头，收拾旧山河，朝天阙”完全消失时，才齐刷刷地叫声好，放心大胆地继续吃喝。

秋去冬来。大堂里生起一个大火盆，食客们进得门来，看见这火盆，心马上就暖和多了。

我们哥仨依旧坐在大堂中间的八仙桌边喝酒，冬天火盆边喝酒的气氛好过了任何一个季节。道爷由即兴吟诗作赋改成了说评书，响木一拍，十八条好汉的故事从道爷口中源源不断地冲出来，刹那间旌旗猎猎战马嘶鸣，狂风怒吼热血沸腾。有时，厨房的伙计们忙完之后，也会出来一起帮衬着楼上楼下添茶倒酒。那当口，道爷必领头高歌咱们的《隋唐演义之歌》。一个饭铺子，居然还有自己作词作曲的店歌，居然还自编自印了《隋唐演义店报》，这简直是让过往食客及同行傻了眼。

一时间，“隋唐演义”声名远播，各路好汉从各处赶将过来，喝酒诵诗，好不痛快。

可是，这车如流水马如龙之盛况，却难阻后台的入不敷出。道爷原本是极其豪迈粗犷之人，遇气味相投言语相通之士，断不肯收人酒资饭费；但若碰上酸文假醋卖弄之徒，又随时可驱逐出店。江湖中人，讲究的就是个缘分，道爷的热情豪爽吸引了大批侠客，每日南来北往熙熙攘攘，竟是把咱们店当成了歇脚打尖的免费善地，大碗酒大块肉，夜半把桌子一挪，打个地铺，就是一段江湖经历。

两年后，饭店终于倒闭。哥仨痛喝一顿分别酒，抱拳互道珍重，道爷往北回山东，我回无锡。

7

有段时间，道爷的电话停机，大家失去了联系，我和老李都有些担心。我们决定去济南道爷家看个究竟。

道爷的家，是一片古朴悠然的老住宅中的一个小小四合院儿。推开虚掩的院门，走进小院，但见花草苍盛，生气勃勃，靠墙角一根丝瓜藤长得极其繁茂，铺天盖地的叶子攀爬了半个院子，漂亮得一塌糊涂。那棵丝瓜藤，结满了密密麻麻的丝瓜，细数之下，竟然过百！小院正中有棵香樟，道爷伐去了树冠，剥了树皮，雕了盘龙，上了朱漆，威风凛凛。小院盖了半个采光瓦顶，下面放了根雕茶海；靠墙一排书架，摆满书籍；

书架前一张长书案，一端铺着宣纸，压着文房四宝；另一端摞着成品书画。

道爷的妻子在加拿大，老父亲已经过世，老母亲招待我们喝茶。老母亲说，上初中的孙女儿放假到姑姑家玩儿去了，道爷大约在大明湖边上，让我们去找。

我和老李在大明湖畔找到了道爷。彼时，夕阳西下，晚风习习，湖面金光闪闪。道爷正坐在湖边躺椅上悠闲地喝茶，身边有一张小方桌，放有笔墨纸砚，地上支了两只小马扎，桌边有一卦幡，上书“测字看相”。道爷，竟成了郭半仙！

道爷看我和老李走近，没有丝毫惊讶，他指指两只小马扎，说坐吧，吹吹风。

我们在道爷身边坐下。笑问道爷今天卦金收入如何，道爷回答百十块。我问每天都百十块吗？道爷说也有四五百的时候，不一定。我问最近几月都在测字算命吗？道爷哈哈一笑，说做过的事多着呢。开始回家时不爱出门儿，就到附近的海鲜市场寻了个剥虾的活儿，在家里剥，剥出来的虾仁做海米之类的，每天赚个七八十块；后来想出去了，就支了个书画摊儿在文化市场门口，卖点字画，收入不稳定；后来又弄了个烧烤炉子在街边，自娱自乐了一阵儿，每天赚点烟酒钱；又托朋友找了几场企业培训的讲座，一次三五千；最近寻思着大明湖的荷花开了，就支了个卦摊儿，闻闻荷香、听听蝉鸣，为焦虑之人指点一下迷津，也是一乐。

我说你可拉倒吧，咱三个越活越糟了，你还帮人指点迷津呢。

道爷定定地看着我，认真地说："兄弟你错了，众生百相，顺逆皆是平常，不顺可以，但不可迷茫。当面拿贼、平地抠饼的本事不是谁都有，但只要放得下，看得开，肯动手，是饿不着人的。"

湖面起风了，夜色笼罩下的城市万家灯火。我们起身收摊，扛着桌椅回家。迎着晚风，道爷亮开嗓子高歌：

蓝蓝的天上白云飘
白云下面马儿跑
挥动鞭儿走四方
咱歌儿多嘹亮
……

8

今年春节前，道爷又给我和老李寄来海米、干贝和春联，道爷电话里说，他支了个春联摊儿在街边，一副春联二十块，每天忙得不亦乐乎，竟也美美地赚了一笔过年的钱。

道爷说，去年秋天的时候，他戴着草帽吹着口哨踩着三轮车收了一个月破烂儿，每天日出而作日落而归生活异常踏实。

道爷还说，兄弟，我时常想起那年咱俩往街角一蹲，扮成花子要饭的场景，花子咱们都能当，这世道还有难得住咱们的吗？

这就是道爷，一个拾得起、放得下、看得开，屡败屡战永不气馁的山东汉子。

2013年6月19日

画家侯飞

1

八月，侯老从云南玉溪打来电话，隔着几千里，我都能想象他眉飞色舞的模样：穿着大了一号的暗红色夹克、长了半寸的土黄色休闲裤、一双灰不溜丢的旧皮凉鞋，脑袋上扣着顶破鸭舌帽，贴着旧手机的脸上喜气洋洋。侯老说："韵珂啊，快来买房子吧！风景好得很啊！我买一套你买一套，做邻居啊！"

隔天，侯老又打来电话，声音里满是止不住的得意："韵珂啊，你那套我也帮你买了啊，定金付了，'十一'过来付余款啊！"

哦，天知道，我什么时候有闲钱儿能跑去云南购置房产了！就眼前这套赖以栖身的蜗居，还背着几十万的贷款呢。我一手捏着手机，一手握着墙刷，对着新刷未干的墙壁发愣，电风扇发出呼呼的声音，想吹干我满身臭汗。

有什么办法呢？这比鸟巢还高的房子，墙壁还裂开了一道道缝，装修公司来了说是物业的事，物业来了又说是开发商的事，可我上哪儿找开发商去？就算找着了，肯定说是建筑商的事，最后这事儿就成了建筑工人的事，可说不定人家连工钱都没拿着，正趴在塔吊上哭着喊着要跳下去呐！所以我一咬牙，自己干上了泥瓦工兼油漆工的活儿，正所谓万事不求人。

我只好对着手机哼哼哈哈：“侯老呀，您和陶老师云游到玉溪了呵！您老也不抽烟呐，怎么就相中那地方了呢？您是打算退休后为全面提高玉溪人民的艺术素养做贡献吗？”

电话那头侯老大笑起来：“韵珂，说好了，以后到云南来定居啊！我们比邻而居，画画、吟诗、喝酒、旅游，那日子想起来就痛快呀！”

2

侯老，大名侯飞，安徽蒙城人，以一手出神入化的牡丹画工闻名于大江南北，雅称“中原牡丹王”。其人身长不过五尺，岁未及天命，却因为稀稀拉拉的络腮胡子和日见稀少的头发，略显老相，被友人戏称“侯老”——其实,大家是从心底里尊他作品、敬他为人，才越喊越顺口的。

侯老先后供职于阜阳纺织厂学校、阜阳师范学院，躬耕讲坛几十年，已是桃李满天下。20世纪80年代初，未满二十岁的他即已成功开办个人画展，在书画界声名鹊起。随着其艺术创作能力的日渐成熟，他却越来越看淡名利，及至中年，已活了个通通透透，不愿将时间浪费在人际关系上，只想教得一群学子、识得三两好友，兴起吟诗作画、把酒言欢，兴尽拱手道谢、躬身作别。

我在美术上是个地地道道的外行，赏字看画也就是瞧个热闹，装模作样附庸风雅一番。但侯老的画，却真是能打动我心的。他主工牡丹，也喜瘦竹和群虾。不论工笔还是写意，俱是自然飘逸、洒脱大方，师古而不泥古。一花一叶、一蜂一虾，都是那么干净纯粹跃然纸上，恰如他本人一般，从不装腔作势故弄玄虚。

3

与侯老相识，源于连山堂堂主张真。

2009年秋，我去蒙城拜访张真的父亲张沛老先生，在连山堂结识了趁周末来为张真聋哑弟子指点绘画的侯飞老师。彼时，朝晖洒进画室，墨香环绕师生。侯老穿着他那身经典的行头，我左右打量，怎么看他都像个建筑工地的小工。唯有不修边幅的胡子和天真无邪的笑容，方才显示出他艺术家的气度。

侯老见到我，先是亲热地握手，美丽、优雅、高贵、大方……这些令人脸热的溢美之词，源源不断地从他嘴里喷薄而出，那真诚的语气配着他温和的笑容，竟丝毫不让人觉得肉麻难堪。

他搬来椅子，用粗糙的手掌揩了揩椅面，请我坐下；接着又要去倒茶，被众人拦住。沉吟片刻之后，侯老开始磨墨铺宣，当场为我画就一幅三色牡丹和一幅瘦竹图。

侯老的热情让我很是过意不去，我绞尽脑汁想着我能拿出点什么像样的礼物来回报一二。而张真却说，你可千万别跟他客气，他对朋友总是这么热情真诚，你要回礼，他得生气。

中午，张老先生宴请，蒙城名士十数人闻讯赶至。张老拿出珍藏二十年的好酒款待，众人推杯换盏，兴致昂扬。侯老明显不胜酒力，才饮下小杯白酒，即满脸通红，连连拱手作揖，为自己的微浅酒量致歉。可席间我却瞟见，他几次三番偷偷地把邻座张老先生的酒倒在自己杯中。见我发现，他不好意思地挠挠谢顶的头皮，示意我不要吱声。我去上洗手间，在走廊里遇见他正和张老先生拉拉扯扯、争得面红耳赤，细听原来是抢着付账。

从饭店出来已近黄昏，众人皆醉意蒙胧。大家手挽着手走在大街上，时而高谈阔论，时而引吭高歌。深秋的行道树落叶纷纷，路面上铺了一层金黄，踩在上面嚓嚓作响，更平添了一层意趣。

车辆行人见我们这群怪物横冲直撞，纷纷绕道避让。有一警察拦路试图劝阻，侯老挺身而出，一脸严肃地对警察说：“你看，我们都是画家、诗人，你怎能拦我们呢？”说罢吆喝我们扬长而去，丢下年轻的警察兄弟呆在原地。

4

2010年夏，我与朋友老道在江南某处寻得一地，拆拆修修、敲敲打打折腾了仨月，于初秋开一饭庄，曰“隋唐演义”。开张前后几天，各路江湖朋友陆续赶至，前来捧场，侯老偕妻陶老师亦于开业前两天抵达饭庄。

陶老师和侯老年纪相仿，个子较高，身材微胖，慈眉善目，穿着打扮极其朴素，举手投足端庄自然，落落大方。陶老师在阜阳某高校任教，教高等数学。因天性聪慧，在夫君的潜移默化下，她也习得书法丹青，尤精于鉴赏。夫妇膝下一双女儿，名“莲子”“丹青”，皆年至豆蔻，青春烂漫，两姑娘秉承父母优良品性，为人质朴，在书法绘画方面尤有过人天赋。

我本粗人一枚，朋友虽多为屠狗之辈，但熟知琴棋书画之雅士也确实不少。大家伙儿把酒在手，叫嚣着要见识侯老的笔下功夫，于店外广场上布下几案，铺纸研墨。侯老夫妇相视一笑，不紧不慢移步案前，当场作起画来。

那是十月初，天气依然炎热，侯老额头沁出一层细细的汗珠儿，陶老师执一方手帕为侯老揩汗。这夫妻二人的柔情蜜意，今天回想起来，依然历历在目。

侯老画就的牡丹，当场就被江湖兄弟送去装裱店，催促师傅裱了装框，挂于饭店大堂左壁；侯老挥就的瘦竹，被一做小买卖的朋友抢得，卷起夹在腋下，再不肯撒手；侯老的群虾图，由一做药品生意的兄弟收藏，竟在火车上被盗，不知所踪。

求画的人越来越多，先是我的酒肉朋友，后来朋友又为朋友求画，乃至围观人群里有人试探着请侯老画一幅。侯老竟来者不拒，胸中万千锦绣化为笔下诸般美景。

侯老的朋友傅道钧先生，一流的行草书法家，出手即可秒杀大批所谓“大师”。他生性木讷寡言，鲜与人有言语之交，应侯老之邀，也来饭店捧场。老道脱口吟就二百余字的《戚氏 · 西游篇》，被傅先生挥毫书于大堂西墙上，其行草潇洒纯粹，引得各路朋友赞不绝口。这二人，一个店内一个店外，挥毫泼墨，畅快淋漓。

侯老和傅先生不曾带得印章，老道即坐于书案一侧，当场治印，阴阳文名章、闲章、引首章、腰章、落款章一枚枚刻来，置于案几、钤于画卷。

这一场书法、绘画、雕刻之视觉盛宴，持续了整整三天。那三天里，大碗酒、大块肉，大幅字、大张画，大群哥们儿朋友，挤爆了江南一隅，却撑出了一个情深义重的江湖。

饭店红火那两年，很多人光顾的目的，不只为大快朵颐，更多是为一饱眼福。

5

饭店倒闭后，我赋闲在家，读点杂书喝点淡酒，旅旅游会会友，不时在博客上写点日记发发牢骚，日子过得飞快。间或接到侯老的电话，细心问候家中诸人，打听孩子们的学习情况，言语之间，是如亲人般的关心。

“五一”期间，侯老夫妇来无锡家里小住一晚，说是来旅游，其实就是想看看我的近况。他们在博客上看到我的文字，虽嬉笑怒骂幽默风趣，总归还是不放心。

恰好云南朋友碧儿路过无锡，与侯老相遇，即倾心为朋。

我下厨鼓捣出三五小菜，再开一瓶二锅头，在家中地台上宴请两路好友。

江南的五月，鲜花遍地，华灯闪烁的夜色中弥漫着丝丝清甜的花香。我们席地而坐，打开门窗，任暖风吹拂，通体舒畅。

酒过三巡，我向侯老求证一桩轶事（那是某次茶余饭后，张真说与我听的）：话说有年寒冬，张真去阜阳看望侯老，侯老盛情邀张真去泡个热汤。侯老说有一澡堂不错，洗涤用品一应俱全，可轻装前往。冬天白昼短，从上午到黄昏，张真多次催促，至入夜时分，侯老才骑着他那辆除了铃铛不响、到处都响的自行车，载着张真出发。侯老家住城市东面，他骑着车往城西猛踩。眼看穿过了城市，到了郊区，路越来越窄人烟越来越稀，张真忍不住嘀咕："这荒郊野外的，哪有澡堂子？"侯老笃定地回答："快到了快到了，放心吧，有！"

自行车终于停下，抬眼一看，昏黄的路灯下，还真有一个破破旧旧的建筑，系某棉纺厂的内部澡堂。张真随侯老进得大门入得男职工更衣室脱衣放在旧木柜里，即掀开门上的棉帘子进入澡堂。

但见一个宽大可容百人的大浴池里是一层水泥灰，张真问："侯老，没水呀？"

"有水。有水。"侯老边回应着，边顺着台阶走下浴池。

呵，果真有水！原来，水面上漂浮着一层灰白的泡沫，远远一看像极了水泥池底！

张真惊呼："侯老，这么脏，如何洗澡？"

但见侯老边将头发浸湿边洗脸，边用依旧淡定的口吻回答张真："怎么不能洗呢？你看，这池中什么都有，洗头膏、沐浴露、肥皂、洗衣粉等一样不缺。棉纺工人都能洗干净，还洗不干净我们两个画家吗？"

侯老听了我的转述，哈哈一笑："是啊，我时常去那里洗澡的。人家都能洗，咱为啥不能洗呢？”

6

侯老两口子与碧儿成了好朋友，因碧儿盛情相邀，暑假去了云南玉溪、峨山、元江、墨山一线旅游。

碧儿是元江彝族人，穿戴用度都极其讲究，却为侯老的质朴纯真折服。她发动了身边所有的朋友来迎接侯老伉俪，坨坨肉、坛坛酒、手撕鸡、荞麦饭乃至闻所未闻的野虫山珍轮番上桌，直把侯老当场撂倒在宴席上。

碧儿的家乡是哈尼族、傣族、彝族等少数民族的聚集之地，当地人能歌善舞，碧儿一心让侯老两口子玩得尽兴，想尽办法让二人参加各种歌吹宴请。不过几日，二人已是乐不思蜀，不知今夕何年了。

八月将尽，侯老和陶老师须返程回阜阳教书。在玉溪火车站广场上，原本归家心切的这对伉俪，随手接到某房产公司的小广告，居然听从了碧儿的怂恿，当即决定购房定居。他们身在四季如春之地，还念念不忘千里之外的我，当机立断倾尽平生积蓄买下两套寓所，以期退休后去云南定居时，与有趣的韵珂同学比邻而居。

我捧着电话哭笑不得，我说：“侯老啊，我这眼瞅着勉强解决了个温饱，可哪里还有余钱购置房舍？”

电话那边传来侯老爽朗的笑声：“韵珂啊，无所谓啦！我和陶老师都喜欢你，碧儿和她的朋友们也都盼着你来，房子谁买不是买？你只管过来住就成啦！”

7

前些天，安徽蒙城第三届“布衣祭庄子”活动彩排现场，在布衣长袍的人群中，我再次遇见了光头红脸的侯老。侯老大步走向我时，明显驾驭不了那一袭宽袍大袖，他一手提着袍角，一手向我挥舞的样子，真是又滑稽又天真。

我们大笑着握手致意，旁若无人地描述我们七老八十后定居云南的美妙生活。往来宾客中识得侯老之人极多，大家跟侯老打招呼时，侯老总要拉着人家的手，极其认真地向对方隆重介绍我这个所谓的“著名诗人”，引得众人肃然起敬。我是嘻嘻哈哈惯了的人，亦顺着他的口气调侃一下自己，幽自己一默，以此告诉对方当不得真。岂知侯老一本正经地劝我不可妄自菲薄，说我的诗歌情真意切、纯粹自然，字里行间透着真性情，远比很多浪得虚名的诗人靠谱得多。

祭祀前夜，来自全国各地的上百位朋友斋戒打坐，我和侯老溜出去喝酒。“愿打坐的打坐，愿喝酒的喝酒，这才是庄子喜闻乐见的。”侯老对我嘻嘻一笑。

我们去了一个自助烧烤店，与闻讯赶来的丁叔等好友会合，点了一堆鸡鸭鱼肉胡乱扔铁板上烤着，就干起杯来。

午夜，我们东倒西歪地走去城郊丁叔家。在丁叔宽大的阳台上，大家席地而坐，喝茶闲聊。侯老禁不住我再三请求，聊起他的家族史以及他年轻时的热血故事。

侯家乃当地有名望的书香门第，祖上读书人极多，无论为官为商，皆能惠及乡邻。及至民国，侯老一伯一叔皆为国军高级将领，于1949年撤至台湾。他父亲读书经商维持整个家族生计，新中国成立后遭清算，幸得各方周旋打点，勉强保住性命。侯老系其父母中年所得，视若掌上明珠，受父母严格管教，不准他有半分出格之举，以免招致无妄之灾。

20世纪80年代末，大学毕业分配至高校任教的侯老，禁不住一腔热血奔涌，领着学生游行声援，身陷囹圄。后得宗族能人搭救，方得重见天日。自此之后，侯老不问政事，埋头教书育人，闲暇之余亦收徒立校，但只收象征性学费，且学生交得起就交，交不起拉倒。如遇家境贫寒之人，还管吃管住管交学杂费用。

侯老的妻子陶老师对侯老的义举毫无怨言，还时常鼎力相助。侯老生活异常简朴，若无陶老师亲自监督替换，他能一双鞋子穿脱帮、一件衣服穿开缝，世间万物在他眼里早已云淡风轻了。

于生人面前，侯老常显木讷；但在熟人堆里，他讲起话来言辞简练、娓娓道来，虽无金戈铁马之势，却有谦谦君子之风。我从他的话语中明白，正是那些埋藏在尘埃里的往事，造就了今天貌似胸无大志、实有悲悯情怀的书画大家侯飞。

2014年12月18日

书里书外识野夫

1

前些日子，济南的道爷电话推荐我看看野夫的书，说肯定会喜欢。与道爷相识多年，在读什么书的事情上，他很少给过建议，而我从书店网络捡拾图书文字，也从来全凭运气。

几天后，在小区附近的新华书店翻找很久，并未如愿。店员建议去解放路的新华书店去寻，仍无结果。又被告知不妨到人民路上找找。在那个暑意甚浓的初秋，满大街打听一个叫野夫的人写的一本书，我心里既有点动气又有些好奇：到底是个什么人，什么书?

在人民路新华书店里，我终于拿到最后一本《乡关何处》。倚着书架，刚看到第一篇《江上的母亲》，寥寥几行字，我的泪就流了下来。

2

“内心如潮，言语却仓皇得只剩期期艾艾。”这真是我读他文字的心绪与写照。捧书一夜，当晨光初现，我抬眼望向窗外天地，竟如重生一般，心里有说不尽的淋漓彻悟。

我很想举例说明，但我反复咀嚼他的作品，还是觉得这里边没有例子。这书里，故人无一不多情热血，故乡无处不惘然深情，而故事无不惊涛拍岸、卷起千堆雪。我不禁想，作者该有怎样波澜起伏的人生经历、怎样的胸襟气度胆识，才能结识那么多热血朋友，才能开拓出那么宽广的江湖，才能写出那么壮阔的篇章啊。

他的写作不为复仇，也不为控诉。他更像一个错掌兵权的元帅，本以为他挥臂欲举兵千万，却见他摆手只说乡愁。这世间的恶不尽、善不消，多少浩然正气，一顿诗酒猖狂，但却不能不记下这么一笔，不然后生之辈真以为前朝只出无趣无聊无心之众。所以，他只是要告诉你，那时候发生过一件件这样的事儿，出现了那样一个个有意思的人，他们叫瞎子哥、叫掌瓢黎爷、叫畸人刘镇西、叫幽人苏家桥、叫烈士王七婆……这世间的是非善恶、恩怨情仇，都借他们的形象，在诗酒猖狂之间跃然纸上。

他关于家族、亲情以及自身经历的述说，尤其扣人心弦。

那些惨烈的过往，仿佛在肃杀的静夜也能咆哮着冲出历史的尘雾，愤怒地站在你面前，让你不由自主地为之呐喊，为之痛哭，为之扼腕。命运为他开了一扇电闪雷鸣、凶险莫测的门，他却大笑着昂扬步入，视妖魔鬼怪如无物。

他嗜酒。无酒不成席，无酒不成眠。在浓烈的酒意里，他的江湖掀起感恩的涛、复仇的浪，是非黑白泾渭分明。面对人世的狰狞、险峻、高美，他一个人撕心裂肺一个人自在昂扬一个人铭感五内。他见识过最惨烈和最壮美，但都“只可自怡悦，不堪持赠君”，一个多余的字也不肯有。

面对这样一个既让人难过，又给人安慰；时而让人觉得无助，时而又鼓舞了你的奇人，你会忍不住对自己说，你必须认识他！

3

成都。岷山饭店岷山厅。第六排排首。下午一点四十分。

他从我身边走过。

他四周围着大群粉丝，他时而停下合影，时而回复一两句问候。他随人群慢慢挪向大厅后墙，在一张桌子边停下。他开始给粉丝们签名。

他不曾看向我的方向，当然，他不知道我在。

是的，我来了。坐火车、倒地铁、换出租，在他的讲座开始前半小时，我到了。

他穿一件浅色外套，敞着前襟，露出里面的带领毛衣，下身是一条深色休闲裤。他比我想象的要朴素得多。

他戴着眼镜的脸上挂着笑容，这个笑容我无比熟悉。

4

对于他，除了文字和笑容，我了解得实在不多。

我曾反复翻看他的《乡关何处》，那本包了草绿封皮的书，由我从各地买进，至今已有数本，可我手中却一本不剩，全被朋友们哄走。阅读他的作品，谈论他的经历，探讨他的思想，成了新的习惯。几乎一夜间，原本久无联系的朋友纷纷打来电话，他们似乎早就已经料到，我会在这个冬天，喜欢这个叫野夫的人，喜欢他的作品。

实际上，自从看了第一篇《江上的母亲》，我就跟他的众多读者一样，不可避免地爱上了这种用平实语言讲述汹涌故事的文字，那文字里暗涌的波涛，能在刹那间将你扑倒，将你淹没，将你洗净冲刷得只剩一缕大彻大悟的灵魂。

你感受到他文字力量的同时，也感受到了他的江湖侠气，他强烈的爱恨情仇。有时，他似乎就站在你身边，伴你饮酒高歌，陪你秉烛夜谈。你会觉得你了解这个人的苦和乐，了解他的豪情跟惨烈，你觉得你才是他的哥们兄弟，你才能懂得他、爱惜他。

可我并不认识他。

5

他再度从我身边走过，手里拎着一个纸袋。也许，那是送给前排朋友的签名书。我看见那里有白发苍苍的流沙河，有一些叫不出名字的诗人作家。他的身边总是聚集着各式各样的人，或山野村夫，或社会名流。

他在左边前排坐下，他该准备他的叙述了。其实，他不用任何准备，他本身就是故事，无须任何渲染，无须任何加工，只需打开记忆的龙头，让故事静静流淌。

舞台灯光温暖，主持人热情漂亮，现场的气氛却是在他上台之后才真正地热烈起来。

他的叙述，从“少年樵夫”开始。

他讲他的苦难时，台下的人跟他一起受苦，跟他一起经历“文革”，跟他一起从人缝中钻到台底下看他给他的父亲送水，跟他一起听到玻璃瓶碎了一地时的愤怒和无助。那时，我们都随他回到了四岁，回到了一个小小孩子受苦受难受委屈的年代。

我随手带着iPad，忍不住发了一条微博：我从众人的肩膀空隙望过去，土家野夫并不高大的身形在舞台暖光下辉煌夺目，他时而哽咽的声音打动了满场或坐或立或盘腿席地的热情粉丝。

6

我有了他的电话号码，可我并没有拨打。我能对他说什么呢？不过是一个读者，不过是喜欢他的文字，跟他的生活没有一丝一毫交集，我凭什么打扰他呢？在一个通信如此发达、信息畅通无阻的时代，他被多少人敬仰喜爱，我为什么还要给他徒增麻烦呢？

我只能熟读他的作品。

他的书并不好买。在我居住的城市，我仅找到一本《乡关何处》，后来又网购了一本《父亲的战争》，尽管千叮万嘱，拿到手上一看，发现仍是盗版。作为一个写作者，他若知道他的书难求至此，不知是该笑还是该哭。

后来，我在各地游走时，逢书店必进、必问，陆续购得《乡关何处》九本，自己手上却并未留存一本。

越是长久地阅读他的作品，越是惊诧于他诉说故事时的悲怆和冷静，他的形象也就越是模糊不清。本来，你以为他是豪迈的、宽容的，可他的恨却会破空而来，让你心惊；而当你以为他是偏执的、狭隘的，他的善又在转角处与你相逢，让你长舒一口气。我想，他的文字最大的魅力，或许就是穿插了这芸芸众生都能看懂的爱恨情仇。

7

“青年囚徒”，这是他叙述的第二部分。

我们随他经历那场风波，随他身陷囹圄，随他当牢头狱霸，随他回家奔丧。他此时说来的那些波澜壮阔的经历，让众人听着是如此惊心动魄。

我并不愿意听他讲述他的母亲。那段惨烈的往事，曾怎样撕扯着他的心，让人不能想象。可是，这个以苦难命名的讲座，却让他无法回避他江上的母亲。

泪眼蒙眬里，我看到很多人在抹眼泪。我的前排坐着一位老人，他甚至哭出了声。而数度哽咽的他，此时更是难过得再也说不出话。他转过身子背朝众人，我看不见他的泪水，却看见他抖动的双肩，看见在巨大的痛苦下，靠在演讲桌上发颤的头。那一刻，我多想上前，为他递一方手帕，给他一个安慰的眼神。

我环顾四周，这个有两百个座席的厅里挤了不下五百人，不仅座无虚席，靠墙三面也站满了人，席地而坐的读者挤满中间通道，我根本走不到台前；即便能走到，我又怎么可能迈出这脚步？

有人在台下递纸巾，有人上台拍了拍他的肩。台上的他在哭，台下的我们在哭。那一刻，他展现了一个热血男儿最柔软的一面；那一刻，他打动了无数人。

我发了第二条微博：你在台上哭泣，我们在台下流泪。母亲——这个人世间最温暖的字眼，在这一刻把我们紧紧相连。

8

我决定给他打一个电话。

电话那头，他的声音热情而冷静，他问我姓甚名谁，家在何方；他开玩笑说他就是老汉一枚，承蒙江湖朋友们给面子；我说我要请他喝酒，他爽朗地答应。我们像老朋友一样聊我们的两湖家乡，我们相约微博，关注对方。

我并不敢过多打扰，只是偶尔会问个好，叮嘱一声注意身体，而他的回答总是一两个字：好。谢谢。并无过多言语。但他的微博却总是记录着他的点点滴滴：他到香港了，他到台湾了，他跟谁在一起喝酒了，他回来了……

黄山归园雅聚之后，他到成都有个讲座。而正巧，几天前，我被朋友接到成都，然后上峨眉，赴南充，正在司马相如的故乡蓬安浪荡。

一切都好像是那么自然而然。

那天早晨，我起床不久，忽然觉得天底下再也没有比去见他一面更重要的事了。于是我拎起刚洗还在滴水的外套，往一头乱发上扣一顶帽子，素面朝天直奔火车站。三个半小时后，我来到了讲座现场。

我只想看一眼他，听他讲讲那些故事。

9

他是在讲述他中年浪子的生涯吗？我竟有些恍惚。

我的思绪还停留在他江上的母亲那儿，那个生不逢时的大家闺秀，那个唤他“平儿”的慈祥母亲，她的悲怆一跃，注定了他中年的浪迹天涯。

我始终相信，一个人即使活到了一百岁，最为依赖最为信任的，依旧是他的母亲。

他的母亲走了，她带走的不仅是他痛彻肺腑的思念，还有他对家的缱绻。

他于是走向他的流浪人生，走向他江湖诗酒的人生。不可谓不热闹，不可谓不豪情。可是，每每想到他从一盏酒杯走向另一盏酒杯，从一张酒桌走向另一张酒桌，从一场酒宴走向另一场酒宴，大醉之时不知身在何处，我就觉得心酸。

我发了第三条微博：用并不煽情的平实言语，讲述痛苦的童年惨烈的青年，那些渐行渐远的过往，被土家野夫重新拉近。掌声也好，哭声也罢，还有谁，有什么理由，背叛过去？但生活仍在继续，希望你健康幸福快乐，是每个喜爱你的读者最大的心愿。

10

讲座就要结束了吗？主持人说还有八分钟、三个提问名额。

场下手持话筒的工作人员恰好走到了我身边。

我看一眼此刻台上谈笑风生的他，他仍然不知道我在台下，我在人群中。

我伸手拉住正欲往前走的工作人员，我说话筒给我，我来提问。

我站起来。长枪短炮向我这里汇聚。

我那久经沙场、历经锤炼的伶牙俐齿，此时却在微微发抖。

我说：“野夫老师好。此前的提问都太严肃，应主持人号召，我来提一个风花雪月的问题。”

他看着我，眼神有一点点疑惑。

台上台下的人都看着我。

我吸了口气，说：“您刚刚在台上讲述您的母亲时，您在台上哭，您的女粉丝们在台下哭，哦，还有您的男粉丝，大家都被您感动了。您作为一个铁血男儿，展现了您最柔情的一面。您的身边应该从来就不缺知己红颜，而您是一个那么善良、热情、浪漫的人，请问您如何面对您的女粉们对您的敬仰、崇拜以及爱慕呢？”

满场尖叫声和掌声，而他在台上笑了。

主持人正要接话，我打断，接着说：“请容许我介绍一下我自己。我来自江苏无锡，我叫韵珂，我写过一篇关于您的文章，叫作《书里书外寻野夫》。谢谢。”

我在如雷的掌声中坐下，众人的喧哗瞬间把我淹没。

我低下头沉思了一下，发了第四条微博：我问了一个风花雪月的问题，土家野夫脸红了，而全场掌声雷动。

11

讲座结束了，人群开始退场。

我看他走下舞台，走向中间通道，那里坐着流沙河老先生。

我与野夫近在咫尺。很多人饶有兴致地望向我，再望向他，他们或许断定，我会像其他粉丝一样挤向他，要求合影和签名。

此时，我起身，默默地注视了一下这个谜一样的男人，然后安静地离开。

2012年12月16日

回首来路，大地芬芳

1

读《大地芬芳》之前，我对他的认知，还只是朋友口中“陶作家”这个普通的尊称。我们一起聚过几次餐，打过几次稀松平常的招呼，除此并无过多交流。

在“常德书友会”这个闲散的民间组织里，能说会道出口成章的人比比皆是。每次聚会，大家都扯着嗓子求表现，而他总是坐在一个僻静的角落，安安静静地喝茶水，四下里的吆五喝六对他似乎并无影响。偶尔跟他有目光上的对接，他也只是温和地笑笑，一副他这个年纪应有的沉稳大哥的模样。若不是热心书友反复推荐，我也许是不会在意他的作品的。

快递员将《大地芬芳》送到我手中时，书的厚度和重量让我吃了一惊，我几乎有立刻放弃阅读的打算——我很少有耐心读这么长的一本小说。但当我翻开第一页，看到第一行文字

“陶秉坤的堂客是捡来的”的时候，我决定读读这个乡土味极重的故事。

用“渐入佳境”和“爱不释卷”来形容读这部五十多万字的作品的感觉是中肯的，这部史诗般的长篇巨著，贯穿中国百年历史，描写了从清末到20世纪80年代中国农村翻天覆地的变化，中国农民对土地深深的眷恋。用他自己的话说：“它反映了近百年来农民与土地关系的嬗变与演进，是家族繁衍生息的传奇，也是革命者浴血奋斗的写照，更是中国农民命运的缩影。”

第一次读完《大地芬芳》是今年春天，距今已有半年，这半年的时间里，我翻读了他的绝大部分文字。作为一个对著作抱有敬意的读者，购买正规出版的纸质读物，是我尽量坚持的一个习惯。可是，尽管他的著作几近等身，但不知为何，在亚马逊或孔夫子等购书网站上却很难找到他的作品。好在，他有博客。

博客收录了他的中篇小说九部，短篇小说三十篇，散文六十余篇，杂文随笔、影评书评、旅游日志等文章两百多篇，以及少量诗歌、电影剧本。这些文字无一不是精品，无一不可见诸报端、付梓流传。读他的博客犹如探洞寻宝，但收获的不是金银细软古玩家私，而是自由奔放的雄奇画卷。

我在无数个白天或夜晚，徜徉在他的文章里不知晨昏变化，我确定我在仔细品读作品中的人物故事时，也对他产生了猜测和亲近之情。无论是长篇小说《大地芬芳》《抱月行》《少年故土》《花枝乱颤》《溺水的鱼》，中篇小说《鬼柳》《天火》《法西斯菌》和《下乡手记》，还是诸如《花冢》《生命的颜色》等短篇小说集、电影剧本《新寡》和《九三年的水稻》等，都离不开土地离不开乡村。他赋予土地以母性，并反复用作品来验证，一切生命和生活的源头，都来自这块生养和抚育众生的大地。

《大地芬芳》开篇不久，他这么描写陶秉坤跟妻子黄幺姑的新婚之夜："这是一块属于他的肥沃土地，他充满了耕耘的激情，他抬起他的欲望之犁，向他渴念的土地插去……在温软肥沃的土壤里，他化为一汪漫流的春水。"

陶秉坤开垦荒地时，他是这么写的："面对土地，他站成个骑马的姿态，将锄头冲太阳高高地举起，双臂暗暗一使劲，狠狠地挖将下去……浓烈而芳香的泥土气息顿时扑满胸怀，令他兴奋，令他陶醉。"

故事临近尾声时，他安排陶秉坤以这样的方式告别他的人生："他实在舍不下他的田土，他感到自己瘫软下去，化成一摊水，慢慢地浸进了泥土里……巧云想安抚曾祖父几句，拍拍他的肩，才惊骇地发现他已经僵硬了。他的一双瞎眼仍大睁着，手里还死攥着两把土。"

我在这个秋天重新阅读这部作品时，仍被这样的句子、这样的场景深深感动。我几乎确信，他的生命里，如他塑造的主人公一样，有着与土地割舍不了的深刻情怀。

《创作与评论》上有一篇关于他的访谈录。采访者问他创作的“契机”时，陶作家回答说：写作契机何时出现是个玄妙的事，没人能猜得透，它不是寻找来的，它的降临像是爱情，可遇而不可求。

那么，他到底经历过怎样的等待，才迎来了源源不断的创作契机？

2

前不久，他因参加一个笔会，在我所客居的城市停留了两天，我得以和他面对面交流。

我们驱车绕着太湖缓缓行驶，湖风扑进车窗吹起他微鬈的发，他的寡言依然如故。他不时举起相机拍摄行驶中不断变换的风景。“我是有自然情怀的人。”他回过头来对我温和地笑笑，似乎是想借机打破这沉默的气氛。

我们在湖边一处开阔地停下车来。那是太湖边的一座半岛，湖畔绿油油的草地上开满了白色的野花，灵山大佛在我们的后方昂然而立。他拿着相机走过草地，走到湖边，在一块石头上坐下，让自己的身影在粼粼波光中映成一尊雕塑。

我一边唱歌一边采野花，当我直起腰望向他时，发觉他正举起相机半蹲着给我拍照，我举起花束对他喊：“你也唱支歌好不好？”他说好。他唱了一支《卓玛》。他的声音雄浑壮阔，粗犷中透着一种柔软的细腻，如暮色中的大草原，给人以沧桑、宁静和感动。

也许是因为歌声，也许是因为身后大佛的慈悲法相，他的话匣子忽然打开，往事如澎湃的潮水奔向他的唇角。他自十二岁开始的坎坷人生，在湖光水色中铺展开来。

1966年，“文革”爆发。受“走资派”父亲的牵连，上小学五年级的他和母亲、弟弟一起，“下放”到湖南安化农村。母子仨在乡下共度了两年后，母亲和弟弟返城，他被就地转为知青，独自开始了农民生涯。对于年少的他来说，身体的劳累不是最难熬的事情，饥饿也还没有到摧残人心智的地步，但站在台下眼睁睁地看着自己的父亲被五花大绑拉到台上挨批斗，是一个年仅十四岁的少年所不能承受的生命之重。几乎一夜之间，他就长大成人，自卑和孤独伴着他进入青春岁月。他在学会所有农活的同时，也把自己变成一块沉默的石头，借以在荒唐的年月护住内心小小的尊严。

他不知道自己是否还有机会回到城市，在个人命运并不掌握在自己手中的年代，他的每一个面朝黄土背朝天的日子，都只为了能融入农村、能让自己当一个有尊严的农民。是的，尊严，就是这两个字。

八年以后，他被招工返城，成为资江氮肥厂的工人。八年少言寡语的农村生活，造就了他能潜心读书的沉稳个性，在工厂的图书馆里，他邂逅了文学，发现了生活向他打开的一扇通往广阔天地的门。

也许，他最初的写作，只是一个内向忧郁的人试图找到一条倾诉的途径，但当写作成为一种习惯，思索便如影随形。八年的乡村生活经历，让他过早地体会到了生活的艰辛和命运的变幻莫测，可农村的山水人物却在他年轻的心里刻下了不可磨灭的印记。

3

不仅是他讲述的故事跟田野山川难舍难分，他的语言风格更是独树一帜，充满了奇思妙想。有时，如乡村静夜里的一个鬼故事；有时，是游子口中的一首思乡曲：

> 我埋头走着，树的影子擦着右脸移过去。转背进村时，我还是忍不住，回头盯了那树一眼。它黑黢黢的，弯腰站在河边，像个年迈的老倌子。它的一根粗树枝横扬起来，似乎对我招了招手。
>
> ——《鬼柳》

> 他觉得墙是用他的日子砌成的，因为那些砖头四四

方方全都一个模样。看着墙他的心不觉就沉了，长出一层厚厚的青苔。她在那儿等你呢。这几个字像一群小鸟，在他胸中飞翔，给他指路……他甩开了马路，沿着一条细如牛绳的小道悠然向前。他听见风在耳边嘶嘶响，撕成了一条一条。

——《爱之病》

我在板凳一端安好刮刀，将规好的篾抱过来，拿出一根搁在刀刃上，左手拇指按住篾条，右手用力一抽，吱的一声，就刮下一层卷卷毛似的竹绒来了。竹香味愈发的浓烈，像锅里的水汽一样包围了我。

——《打皮箩》

有时，他啰啰唆唆，一尊石像的笑、一只苍鹭的静，在他笔下千回百转，不理透每一缕纹理、不看清每一丝变化绝不肯罢休：

它双眼微闭，厚唇轻抿，平和，自在，宁静，安详，一任那浅笑在脸上荡漾。我仰望着它，仰望着神，感受到的却是世俗的亲切气息。它的笑意分明是从青苔后面、从岩石深处渗透出来的，那笑意在晕染，在流淌，悄悄地蔓延到了我脸上。

——《高棉的微笑》

> 他忽然感到，那只老等儿(池鹭)其实一直在盯着他，趁他转身的机会，它才慌忙振翅逃走。它现在已经飞行在空中了，晶亮的水珠正从它向后伸直的黄色爪子上滴落下来……他倏地转过身来，两眼直视过去。老等儿还站在老地方！
>
> ——《老等》

有时，他惜字如金，言语简短得恨不能消灭所有文字。他用“老街短促得像一句路人的问候，话音一落，就不见其面了”的句子，来描写一条街道的长度；他在丽江四方街，看见一群六十多岁的老人围在一棵树下唱歌，“像一粒铁屑遇到了磁场，我被歌声拉了过去”，寥寥十几字，就足以形容歌声的美妙。

小说、散文、随笔、影视剧本，他都能用这样细腻独特的字句，一行行地涌入我的眼睛，如水波漫过肌肤一般又清凉又熨帖；有时还像小虫子爬过，又麻又痒。我似乎看见他伏案在深秋的圆月下，月光如潮水漫进窗户，温柔地浸润了他敲打故事的双手。

4

“文革”结束后，个人已经有可能选择自己的人生方向，但这回，他却遇到了生命中的小人——工厂宣传科长拒绝给他出具参加高考的介绍信，他被禁锢在那个方寸之地，纵有满腔热血也只能化为无力的悲愤。于是他的写作更是添加了一股愤怒的力量，如水拍绝壁，纵粉身碎骨也决不退却。

他历经时代的变迁和人性的裂变，他见识过最淳朴和最荒谬、最迷茫和最孤独，他亲眼看见那个疯狂岁月的疯狂运动席卷穷乡僻壤。当他能用笔记录和反思那一段历史时，脑中的万千画面化作了笔下的荒唐故事。他用玩笑的口吻，完成了对《梦生子》的悲情述说。

那是1984年，刚届而立的他，已经展露出他丰富的想象力，以及他惊人的“说故事”的天分：

在一个只有“两泡尿长”的曲尺镇上，有一个名叫禄子的梦生子（私生子），自小聪明伶俐，才上小学五年级，就能写出这样的诗句：一个黄昏的早晨/一个年轻的老人/骑着一匹雪白的黑马/举起一把竹制的钢刀/杀死一个亲爱的仇人。

禄子每天领着一群小伙伴，在上学路上手舞足蹈地齐声朗诵自己创作的诗歌。

忽然有一天，“那诗正在他唇齿间流利地鸣啭，班主任的竹根教鞭一扬（鞭影立刻落进他眼里，变成一条扭动的蛇），黑板骇人的一声脆响，诗句猝然迸裂开了，词儿们慌不择路骨碌碌滚到了教室的各个角落。他瞧见它们在瑟瑟发抖，那诗于是再也没有回到他嘴里。黄昏再也不敢许配给早晨，老人不再年轻，黑马也不敢雪白了。”

故事就以这样奇怪的语言，拉开了它荒诞不经的序幕。

禄子从出生到死亡，都似一幕荒谬的滑稽剧，在经过童年短暂的清醒过后，禄子跟着那个疯狂的年代懵懵懂懂地往前冲，从来没有弄明白活着的意义：

> 这天早上，街上突然出现一块用门板写的声讨书。禄子取下自家的门板时，街上已挤满了门板。第二天，又出现了用床单写的声讨书，他刚想去扯床单，街上已是床单到处飘了……他灵机一动，把声讨文章写在脸上。可当他走上街头，满街人脸上都有声讨文章了，而且是用绣花针刺的。
>
> 他其实也无更多精力来注意这些蒜皮小事。某种欲望一直在脑子里轰轰响，像响着一连串永不终止的雷声，似响应着某种遥远而神秘的呼唤。这令他终日处于昂扬的兴奋之中，脑瓜昏昏然，如一颗铅球，重得难以支撑，而且消停不得，越闲越沉重，于是也觉得累。但

> 只要一听见电线的嗡嗡的声音，他就会轻松下来，就会有干各种从未干过的事的兴趣、信心、力量，脑袋就会如气球一样空空如也飘飘荡荡起来。

> 头骨被带回科学院，测定结果使科学家们大吃一惊：头骨是若干年前现代人的；脑子在死者谢世之前十余年就已开始石化；而那些印刷字体，则是死者生活的那个年代的一些报纸社论的残章断句。

“文革”题材经无数作家之手，写成了各种各样文体的文学作品，但我相信，很少会像《梦生子》这样魔幻、荒诞，充满了不可思议的张力。

他的另一部中篇小说《迷途》，延续了这种超现实的写作手法，字里行间到处流淌的荒诞怪异和黑色幽默，让我对他的敬仰倍增。他让小说里的主角如一缕游魂，在寒山镇的街头巷尾神出鬼没，并且让他沉沦在一个接一个的梦魇里，分不清哪是现实哪是梦境。

他让最质朴的乡村大地，也难逃善恶不分、黑白颠倒的命运。

5

不知道他对文字的敏感是天生的，还是坎坷命运以另一种形式给予他补偿，被剥夺参加高考的权利、当了八年工人之后，他还是用文学才华开辟出他的人生必由之路：他成功考取西北大学作家班，毕业后调到了那个因桃花源而得名的县城，在县文联当起了专业作家。

他的文字终于可以对他的人生有个交代了。

又一个八年之后，他调到了常德市文联。他头上的光环开始多了起来：市文联副主席、省作协副主席、中国作协会员。他的作品也源源不断地见诸报纸杂志，他的书一本接一本出版，他的多部著作获多项大奖。他似乎远离了乡村大地，行走在一个日新月异、令人眼花缭乱的城市里。但是，他还是他，宿命使他永远也脱离不了跟乡村的千丝万缕的关联。

多年以来，他对“走资派”父亲一直耿耿于怀，不仅仅是因为父亲的政治身份给他带来的灾难，还因为父亲的移情别恋给母亲和他带来的屈辱和伤害。他一直试图摆脱父亲的影响，可是，命中注定，那个因为政治、作风等问题葬送了政治前途，永远留在了一个叫“大福镇”的地方的人，是他一生也割舍不了的牵绊。

跟父亲分开十八年之后，他不得不一次次回到小镇，去看望父亲——因为父亲已经老了。年迈的父亲终老于一个冬日，他亲手把父亲埋葬在大福镇的青山之中。

他在城市和乡村之间奔走，他对人性、对现实生活的打量和思索也越来越深刻。

因而，尽管他的作品以农村题材为主，但也有不少描写城市生活的精彩篇章。官场、腐败、性交易、尔虞我诈，他在揭露最阴暗的人性的同时，却没有忘记给作品以一抹朴素的希望。

于是，《花枝乱颤》里，袁真厌倦了尔虞我诈的腐败官场，邂逅并停留在一个名叫“枫树坳”的山清水秀的小村庄；《溺水的鱼》里，尤奇沿着村道穿过村口的凉亭去上中学、上大学、走进城市再逃离城市，最后意外逝于那块“树木葱茏，杜鹃花开得烂漫”的地方。

他让遥远的农村来接纳那些不甘堕落的灵魂，就如同他在太湖的和风丽日下回首青春岁月时，看见十二岁的自己在“走资派”父亲的影响下不至于走投无路，最少，还有质朴芬芳的农村大地可以安置他孤独的身影。

当我以为我了解了他，正要给这篇文章结尾时，我又读到了他的一部中篇小说新作《此次列车开往桃花源》。那列满载着众人“回归田园生活”，充满着返璞归真希望的列车，从一开始就是个骗局，它永远到达不了泥土芬芳的桃花源。

我忽然想起了《大地芬芳》结尾处陶秉坤瞎眼大睁、死不瞑目的悲怆表情，一种如醍醐灌顶的感觉石破天惊：那芬芳的大地，从来不被人实际拥有，它只存在于某种记忆和幻想之中……

2014年10月12日

芴漠无形，博大真人

1

在写张真之前，我想先说说已经过世两年的张老爷子。

那个曾被不知天高地厚的我唤作“大师兄”的智者——张真的父亲，在他生命的最后一段旅程里，我有幸成为他的忘年交。

说起和张老爷子的结识，也算是一段网络趣事。那时正是博客空前繁荣的时候，我的博客上经常聚集一大群吆五喝六的文艺小中青，大家频频更新，互逛园子，互赠诗词，互加好友，“知芥堂”便是那时添加的博友。那是位真正的雅士，诗词歌赋无一不精，画工更是令人刮目，工笔写意、花鸟鱼虫，总能迎来满堂喝彩。

他常来我的博客，评论厚道，留言客气，我的回复却总是一贯的随心所欲、胡说八道，逢人一律称兄道弟，俨然江湖老大。

有一天，一个相熟的朋友电话里问我能不能稍稍规矩点，我问怎么了，她说你成天瞎掰乱侃，人家六十多岁的长者也被你叫成小兄弟，你还有没有点正形？我很诧异地说，来我这里的都小年轻呀，谁这么高寿了还在这里折腾？朋友说我真是服了你了！人家知芥堂真名张沛，是连山堂堂主张真的父亲。你跟父亲称完兄，再跟儿子去道弟，还有没有比这更荒唐的！

我听了很是汗颜，赶紧跑到老爷子的博客上留言道歉，又索要了手机号码，在电话里很诚恳地喊张叔叔。老爷子哈哈一笑，说难得遇到这么豪爽真性情的女汉子，就索性也轻狂一回，认个小师妹吧！从此就大师兄、小师妹的叫开了。

2009年秋天，我回乡完婚之际，张叔叔先是画了《芙渔图》寄来，后又派子媳张真夫妇到湖南老家参加我的婚礼。

那是我第一次见到张真。

2

长沙机场。

背着相机、拎着大箱子的张真和夫人吴攸，恬然出现在熙熙攘攘的人群中。

张真个子不高，着藏青对襟衫、阔腿布裤、圆口布鞋。其人白净清瘦，短发微须，五官普普通通，眼神却有一股威慑力，让人心生敬畏。吴攸眉目如画，清新淡雅，落落大方，一袭浅紫棉布衣裙，将玲珑的身形衬得更加脱俗。

我和张真大笑着握手拍肩，仿佛相识多年又在异乡偶遇的知己好友，相互打趣对方的形象与各自想象中的大相径庭。张真极其机敏，寥寥数语尽显风趣，惹得我哈哈大笑，过往行人纷纷侧目。吴攸含笑立于一侧，并不插言。

我与张真的相识也始于博客。开始并无过多交流。在那个名为“连山堂”的新浪博客里，贴着为数不少的剪纸、泥塑和山水画作品，附有少许明清白话式的注解。这些东西于我而言，都很陌生，我只偶尔瞥上一眼，并未过多予以关注，亦从未想到会与张真一家成为至交好友，自然也不曾料到张真夫妇会千里迢迢特意赶来，参加我和小刘的婚礼。现在想来，这真是机缘！

当夜，我和张真夫妇，以及从全国各地汇拢过来的一众江湖朋友，浩浩荡荡驱车赶回桃源老家。次日，就是我和小刘的婚礼。

本来，我和小刘的意思就是请大家吃喝一场，既不打算收礼，也没想着要举行什么仪式。但那群来自五湖四海的兄弟们，竟是人人备得厚礼：配乐诗朗诵影碟、自编自印诗集、金箔牡丹册、古玉钟馗像、红木对梳、小楷书就的四十米长卷《桃花源记》等。这些情深意重的礼物，已经够让宾主眼热的了，而张真夫妇捧出的剪纸作品《百岁偕老》，更是让大家耳目一新。

那是我第一次现场看到“连山堂”工作室聋哑孩子的作品。

午夜，众亲友纷纷散去，仅留几个知己好友聚于新房内喝茶聊天。

这些天南地北心性相合的性情中人，难得齐聚一处，自是推心置腹、妙语连珠。话至深情处，张真起身拎进他的那只旅行箱，开箱一看，竟是笔墨纸砚齐备。他这是要给我们一个大大的惊喜，让大家牢记这样一个别开生面的祝福。现在我家中壁上的书法作品，多是那晚张真所作。

婚礼过后，我和小刘随张真夫妇去到蒙城，看望张叔叔和张真的聋哑弟子们。就在这趟临时决定的旅行里，张真那奇特的人生经历，与连绵的秋色一起，映入我的眼帘，扎根我的心中。

3

旅途从张真的连珠妙语里开启，一个生长于现代社会的“古人”，稀松平常地走进了我的生活。

1995年，张真从重点大学经济管理系毕业，分配在合肥市某报社，当上了“无冕之王”。但很快，那个众人眼中的香饽饽职业，那种“一张报纸一杯茶，说话三真七分假”的生活，让张真产生了深深的厌倦。

次年七月的某一天，张真脱掉皮鞋置于办公桌上，赤脚昂首走出报社，踏上了他人生的艺术之旅。

告别了光怪陆离的都市生活，张真在乡下租得斗室一间，潜心练画。用他自己的话说，“我觉得我只能是个画者，而不适合做其他事”。

三个月后，闻知消息的老父亲赶至墨香四溢的草庐，将张真接回蒙城老家。从此，张真不闻世事俗务，潜心读书作画。

在邻里眼中，张家着实是个很奇怪的家庭。张家世代出两种人：医生和画家。张真的曾祖父一生行医，到张真的祖父张震严却擅长丹青，还曾参加过新四军，跟着彭雪枫将军打仗，后随刘邓大军打到贵州，解放大西南。谁知新中国成立后却蒙冤入狱。而张真的父亲，我的张叔叔，生于20世纪40年代，少时离乱动荡，后又受其父牵连，初中未毕业便辍学务农。青年时“文革”开始，读书无用论甚嚣尘上，接二连三的烧书行动，几乎毁尽了农村里原本就不多的书刊读物。即便如此，张叔叔却仍是饱读诗书，既精于医，又工于画。

张叔叔对子女的教育，是出了名的严厉。张真兄妹五个，没有不怕父亲的。张真排行老二，是五个子女中最为顽皮的一个，棍棒老拳真是家常便饭。

庄户人家农活多，张叔叔却从来不让孩子们下地干活，每日只是读书习字。即使在冬天，孩子们依旧是闻鸡即起、列队跑操，而后晨读。中饭过后的午睡，也是雷打不动，不容生性好动的孩子们有一丝一毫的更改，令乡邻稀罕不已。

张真跳出农门，找到一份体面工作本不容易，父亲没想到他会挂靴而去。而令张真更没想到的是，父亲竟然对他如此理解和支持，这正应了老人家对晚辈们唯一的期待：读圣贤书，做明白人。

4

安徽蒙城，庄子故里，比邻老子故乡涡阳，均乃道家文化圣地。

从1996年到2002年，是张真从喜欢庄子，到熟读庄子、研究庄子的六年，也是成就这位蒙城“现代庄子”的六年。

解读庄子，这是许多号称庄子门徒的读书人热衷之事，而张真真正想做的，是以画证道、以艺明道。

张真先后师从安徽阜阳侯锦琴先生、河北威县冯英杰先生、重庆武隆隐士肖中胤先生。侯先生是张真高中时期的授业恩师，主工国画，擅人物；冯先生和肖先生是张真挂靴离职后的指导老师，冯先生工花鸟，尤擅画鸡，而肖先生工山水，长于写意。

张真在三位先生的精心指导下，秉承“以道入画”的理念，运用自己天才的创造力，融花鸟山水为一体，汇不同画风成一流，独树一帜，自创“卮画”一派。冯英杰先生在文章《天心大美》里，给予这样的评价：“张真绘画能入大成，在于他能循道而画。丹青之中，水墨为上，一阴一阳之为道。张真的山水画多以墨写，无大枯大湿造作之笔，却四季分明，五彩于目。或瀑落幽谷，云系峦峰，鸟喧深树，开天人不二之境；或深山钟鸣，马蹄归香，写庄生梦蝶之韵。”

卮画的“卮”，取自《庄子》之“卮言日出，和以天倪”。“卮”乃酒器，盈则溢尽。庄子以卮言喻自然流露、合乎天性之心声。而张真所创立的卮画，亦是力图让画者以敬畏之心，真诚面对世间万物，再以天性从事绘画，不打稿，不复制，不修饰。其画“以线为骨，心随神动，运线如梭，笔从天行，勾连古今，贯通万类”。

我第一次见到卮画《逍遥游》时便倍感震撼，那个硕大无朋的北冥神灵，在一堆简简单单的黑白线条里展翅，一轮明月映着它的每一根羽毛，恰如其分地衬托出了它磅礴却不嚣张，从容却不自大，神秘却不恐惧的奇妙形象。我想，再没有比这幅卮画更接近庄子心目中鲲鹏的意象了吧。

5

2000年底，相声演员牛群到蒙城挂职任副县长，曾三访张真，并拜其为师，专门学习庄子。

说到跟牛群的第一次见面，张真充满了感情。他说，那时他的画室仅有一条板凳、一张画案、一张床，每天的基本生活是老父亲给他送几个馒头和两碗稀饭、一碟咸菜。几年来，他不曾工作，不曾赚得分毫银两帮衬家用。日复一日的创作，所需笔墨纸砚本就是个庞大的开销；考察儒墨道的发源地，考察中国古代山水画派画家的绘画与他们所处地理与文化的关联，让他几乎走遍了中华大地；他眼界的提升，心灵的顿悟，艺术的精进——全靠老父亲那一点微薄的退休工资支撑。

牛群和张真不谈世事，不论名利，只讲庄子。两人坐而论道，久而难免口渴，陋室无茶，仅有凉开水半壶，粗瓷大碗一只，他俩就用那只碗轮流喝水。时值冬日，屋子里并无取暖设施，仅有一缕斜阳从木格子窗照进，光柱下的尘埃如翩翩舞者，舞动着二人心底天籁的交响。

蒙城有个聋哑学校，牛群第一次去就哭了。他发誓要改善学校的条件，让残障孩子有一个更为公平健康的学习环境，最后决定走“民办公助”的路子。2001年暑假末，正值开学前夕，学校却突发变故，学校领导和老师集体辞职。牛群连夜找到张真，请张真化解危机。张真临危受命，出任“牛群特教学校”校长，随即向全球招募志愿者。五天之内，应者如云，学校如期开学。

张真倡导施行庄子的“引导之术”“不言之教”，要求这些没有丝毫报酬的志愿教职员工们，跟聋哑孩子以心会心，感受倾听弥漫寰宇的天籁大音。张真自己以身作则，创办“大音班”，教孩子们国画、油画、泥塑、卮画、剪纸等。

张真任校长的两年，是学生们最为光彩夺目的两年，他们在各个领域展露出来的风采，令家长们欣喜，令老师欣慰，令社会瞩目。

两年之后，牛群离开蒙城，张真解职回家，志愿者陆续离去，“大音班”解散，牛群特教学校关闭。那些初露才华的孩子们，大多数从此销声匿迹。

张真苦心经营两年的学校以如此的方式终结，不能不说是一大憾事。

6

张真的家，在城东南一幢旧楼的四楼，走到二楼楼梯转角处，迎面就是那幅大型卮画《逍遥游》，三楼的一幅是《养生主》，到得四楼入户处，墙壁上是张真手书的“连山堂”三个大字。

在装修简朴的三室一厅里，我见到了张真的聋哑弟子耿学斌和席前前，一个在画牡丹，一个在鼓捣泥塑。

连山堂工作室是三室中最大的一间，约二十平方米。进门靠墙一个摆满了书的书架，架前一张宽阔画案，案上文房齐全，靠阳台一架古筝，空白处的墙壁上贴着绘画新作。

另两个小房间，一间是弟子们的卧室兼收纳室，放置有四百余幅剪纸作品、上百幅花鸟山水画、几十幅卮画；一间是张真夫妇和女儿若若的卧室兼书房，窄小但井井有条。

不大的客厅里只一套旧沙发，居中一个旧陈列架上，摆放着弟子们的泥塑作品。家中无电视，无电脑，仅有的几件电器似乎都在厨房，也不过一个电饭锅一个电水壶。

午饭是两个弟子做的，是这个家里的常规饭菜：酸辣白菜、土豆丝和自己发的豆芽，主食是米饭。两个年轻人的脸上，却找不到一点点自卑自怜，有的是宁静和恬淡的喜悦。

很难想象，吴攸决定嫁给张真时面临了怎样的阻力，下了多大的决心。他们结婚那年，正是张真接任特教学校校长的那年。这个不到二十岁的“天生就有庄子味道”的小姑娘，执意要嫁给一个大她十岁的孤独画者，不仅家人绝难接受，就是张真的双亲，也觉得十分不妥。但这对同样对庄子心怀无限热爱的读书人，却认定了对方是自己生命中的真爱。

吴攸嫁的是一个才华横溢的青年才子，是一个精神领域的富豪，但同时也是一个物质上的穷光蛋。初为人妇的吴攸，勇敢地走进了张真前途莫测的生活，挑起了家庭的重担。

第二年，女儿若若出生。又几年，聋哑弟子耿学斌、席前前、邵龙和葛娟，也相继走进了这个清贫的家。

我无从得知，决定留下这几个弟子前，张真和吴攸经过了怎样的商量和规划，而吴攸每月不到一千块的工资，又是如何支撑起这个七口之家的。

我从没问过张真，他要把学生们带上怎样的一条道路，那条路上是否会有鲜花和掌声。然而，从他父亲和妻子的身上，我读到的那一种坚忍，似乎已经给了我答案。

7

张真家庭处境的艰难，很长时间里都不为亲朋好友所知。但不管张真和他的家人如何低调，他们的故事还是慢慢流传开来，逐渐引起了大家的注意。

首先行动起来的是张真的同学和朋友们，他们纷纷伸出援手，解囊帮助徜徉于艺术海洋却陷入生活窘境的连山堂师生。一袋米、一包菜、一点日用品、一些笔墨纸砚，传达这个世界应有的温情。

在张真家的书柜里，我看到过一本社会各界人士捐资助印的《连山堂画册》。那是2008年秋，由淮南市八公山白塔寺住持释性空大师倡导举行的连山堂画展的结集。在卷首的功德簿上，我看见10960元总善款的捐助者名单，那些十块二十块的小额款项让人懂得，善意不分厚薄，心底的每一点善念，都可以在暗夜的航程里点亮一盏灯。

2010年春，在高中同学及朋友们的资助下，张真带着他的连山堂进驻合肥徽园，在当地引起了轰动。市民和游客们纷纷前往，只为看一眼那琳琅满目的展品，只为感受一下这群在艺术道路上坚守多年的师生们带来的心灵震撼。

随着公众对连山堂越来越多的关注，上海“海上慈怀”等公益组织陆续介入支持，媒体也开始报道张真师徒的事迹。张真得到一些学校和团体讲课授艺的邀请，断断续续有了一些经济收入，艰难运行的连山堂终于看到了稳定下来的希望。

多年来，张真从来不曾出售他们的作品，即使在最困难的时候，他们都只选择研习和创作。我不知道这是出于什么样的考量。毫无疑问，连山堂创作的许多作品，都有其独特的艺术魅力和市场价值。他们曾在景德镇烧制过一些瓷板画，那些精美绝伦的瓷器作品，丝毫不逊色于市面上一些价格不菲的藏品。

在很多人眼中，张真就是个固执、孤傲的另类，他不收分文历尽辛苦培养他的弟子，却甚至得不到那些弟子家人的认可和赞同；他还要面对各方的质疑：你能给这些聋哑孩子一个怎样的未来？的确，在常人看来，像张真这般虚无缥缈的人，实在是个异数。

8

张真夫妇在生下女儿若若之后，又添一子，小名轮子，两个孩子同样天资聪颖，惹人爱怜。若若早过了该上学的年龄，却没有送进学校接受常规教育。平日里，不论忙闲，张真走到哪儿都带着两个孩子。要讲课时，他会把孩子往地上一放，随他们去耍，他讲自己的课。张真认为，现在的学校就是扼杀天性、复制庸才的地方，孩子只能自己教。

若若跟着张真走南闯北，见多识广，自由自在的天性在传统文化的潜移默化下，的确异于同龄孩子。轮子刚及两岁，吃饭、穿衣、礼佛，学着姐姐握笔挥毫等，都已像模像样。张真并不规定姐弟俩学什么，只是有意识地在他们活动范围内放置了他们适读的书本。在那样一个家庭氛围下，不养成读书的习惯都难。

2012年清明前夕，张叔叔病逝于蒙城家中。张叔叔助人一生，清贫一生。留给后人的遗产，是满室书香、一身正气和他于病中完成的五万余字的《老子义正》。张叔叔走了，但是他对梦想的追寻和坚守，却在张真身上得到了延续。

一个月后，张真在蒙城庄子祠，主持举办了全球首次“布衣祭庄子”活动。这次祭典的主旨是“走进庄子，礼敬庄子，感受庄子，感受良知的存在”。来自世界各地的百名老庄文化研究专家、学者及庄子爱好者参加了祭典。

张叔叔若泉下有知，也该会颔首微笑了吧。

9

2012年深秋，合肥秋浦书院的“登真厅”里，由张真主讲的“道家壮观”大型公益讲座“庄子·大宗师——洞见生命的先知”即将举行。

那是一个绵绵雨天，在汲桥路的那片黑瓦白墙间，我寻见了秋浦书院。院子开阔的草坪上，草已微黄，几个铜铸小人正在侍茶奉香，传送着一缕缕幽然古意。

踏入书院的圣殿大厅，迎面而来的是大幅剪纸作品《老子》，其上是一块“守先待后”的匾额；大厅右面墙上“目击道存”的额匾下，是剪纸作品《庄子》。从大厅左侧向里走，往右，可达素斋馆、耕心园、宿舍区；往左，是茶道馆；向上顺着木楼梯拾级，到达书院二楼栖心阁。走廊两边各有十来间小讲堂，装修大致相同：木地板、蓝印花帘、矮几、蒲团；走廊最深处，是书院的大讲堂——登真厅。

“秋浦书院，依秋浦河而得名，秋浦河因李白闻名。李白在秋浦河畔回望人生，思辨得失，以十七首《秋浦歌》来承载其心念流转、悟道归真的心境历程，因此，秋浦河也是载道之河。”书院监院王志强老师向我如此介绍书院来历。

走廊墙壁上，悬挂着一块块木头卮画。木头的纹理、年轮、刀痕、疤结，都是画的组成部分。

张真的声音从登真厅传到走廊：“何谓大宗师？大宗师是个动态。但哪个是我们的大宗师？这个大宗师不仅仅是我们所拜的上师。老庄孔孟，哪个也是，哪个也可能不是。不过是一个符号、一个幻相。透过了，一头驴子都是你的师父；透不过，就是到了孔子那里，也可能烂泥扶不上墙，上帝那里还有一个叫犹大的人……”

我推开木门，走进登真厅，或坐或站的与会者挤满了大厅。舞台幕布上，是张真写的一副对联，同样的联句也挂在书院圣殿大厅两侧：居正待时观尔性，尊生存道复其初。

秋浦书院院长张真，端坐于舞台正中的讲桌前，正讲到最后一段：“所以书法不是书写的方法，而是书‘法什么’——法字帖，还是法老师？一切一切都是当下寻求老师的过程。我们寻求老师的过程，就是一个找见自我的过程。我们是以向外找老师的方式，终于找到了自己……”

讲座完毕，我随众人去素斋馆用餐。书院为每个到访者提供免费饭菜。

大家排队进入素斋馆，拿好碗筷，再找位子坐下。待众人坐毕，起立，正衣冠，向神农氏行三鞠躬礼，读感恩词，然后到最中间的走道里排队，围着一张大圆桌子依次取菜，然后回座位用餐。这是个可容纳百人的大厅，桌椅齐整，墙上挂着“止语”“节约”字样。

雨下得大了起来。

走出素斋馆经过廊厅时，我看见一个五十多岁的男子正在耕心园里捡拾泥土中混杂的砖块瓦片，雨水打湿了他的灰白斜襟布衫。那不是刚刚在素斋馆里擦桌子的那个杂工么？傍晚时分，在二楼香道馆里，我曾经看见他在和众人一起听香道。是什么样的诱惑，能让一个杂工也会安安静静地听老师谈经论道？

我决定在书院住一晚。

10

书院里有很多有意思的人。他们拿着纸笔，一点点抄录着书院里随处可见的对联、注解、训诫，并小声地跟身边的同伴议论着什么；更多的人拿着相机或手机，拍着书院里的点滴。

晚上七点，张真走进二楼的一间小经堂，开始两个小时的晚课，内容是《论语》。本来只能容纳三十人的房间，却挤了五十多人。

晚课上，我又看见了那个杂工，他盘坐于第一排蒲团上。

晚上十点多，张真终于闲了下来。我们在他的画室里坐下，喝茶聊天。问起张真这一年多来的经历，张真笑笑，说是受徽商郑先生所托，设立书院，旨在弘道和祭祀——弘道是弘发天地养生之道，祭祀是把祖先的道义薪火相传。

夜宿书院，与来自上海的一个大姐、常州的一个姑娘和蒙城的一对母女同住一室。这一晚，书院的三层楼宿舍住了不少来自全国各地的朋友。书院吃住听讲全是免费的。

早上五点，大家都开始窸窸窣窣穿衣服起床，六点至七点四十，是书院的早课时间。早课先行古礼，读《告书院同仁文》，然后是张真讲《诗经》。恰巧书院停电，讲台上点起一支蜡烛，如豆的灯光，映照着坐在蒲团上的三十几人的专注背影。

早餐过后，我找到了正在园子里收拾的那个杂工大哥。

雨后的耕心园凉风习习，头顶碧蓝的天空有云朵飘过，阳光洒在瓦砾遍布的泥土上，洒在他不断弯腰起身飘动的衣衫上。踩在雨后湿润的田埂上，大哥和秋浦书院的故事，也随阳光一起，温暖地照进了我的心里。

大哥姓张，名松，字子舆，蒙城农人，在老家乡镇开有影楼，生意红火，收入颇丰。但他天生热爱传统文化，开口闭口"之乎者也"，总被家人乡亲看成神经病。三年前，他偶遇同门张真，交谈之下大为倾心，深觉遇到了人生导师。秋浦书院成立后，张大哥坚决追随张真，到秋浦书院当了一名杂工。每日忙于买菜、做饭、打扫、拆洗、种地等杂活。忙碌之余，他也和书院的其他员工一样，研习传统文化，熟读经书。在书院，每人须专研一部经典，张大哥研习的是《坛经》。

秋浦书院设有正经部、尊生部、茶道部、游艺部、外务部五部，“尊生存道，法天贵真”是书院的办学宗旨。书院每月开展一次公益大讲座，由院长张真或游学至此的学者主讲。开院当日，即由开心书院顾瑞荣先生主讲了第一场讲座：《道德经》——发现未知的自己。各种不定期的诸如茶道、香道、花展、静修、养生等的小型讲座，更是随时可见。

到书院听课的人，无须交任何费用，且包吃、包住，只要你愿意，你可以在书声琅琅里长留此地。书院运转的一切费用，皆由徽商郑先生全额赞助。

“如果你想找一个帮你把文化变成钱的人，不要找我；如果你找一个帮你把钱变成文化的人，我愿意试试。”这是张真跟郑先生第一次商谈办院事宜时，掷地有声的一句话。

“我们把一楼大堂建成阅览室，一排排书架之间放茶桌，来的人只要一进入书院，就会沉浸在书香茶香之中，边饮茶，边读圣贤之书。中国人如果有一天，按照《道德经》起誓，那就差不多了。虽然是个形式，但是最起码我们知道我们的祖先在哪里。”这是张真跟郑先生第二次商谈时说的话。

“我终于有幸有这个机缘遇到了真正意义上徽商的后代。我希望这个地方，有越来越多的人，以各种形式，来把这样的一个文化和通道共建、培育、重新发芽，让道德誉满天下。”

这是书院建成之日，张真对所有来宾说的话。

午饭后，我与厨房里忙碌的张松大哥拱手道别。

11

时隔一年，在秋浦书院的一场中式婚礼上又见张真。

这一年，秋浦书院已经举办了上百场大小公益讲座，还有各种茶会、花展、香道会、静修营、儿童读经班、中华经典古文诵读会、诗歌朗诵会、古琴雅集等活动。

这一年，连山堂作品在德国开展。

这一年，全球第二次“布衣祭庄子”活动在蒙城如期进行。

上午十点，连山堂聋哑弟子耿学斌和秋浦书院老师贲道芳的婚礼如期举办。童女引亲、宾客入席、友人献乐，行盥洗礼、行对席礼、行同牢礼、行合卺礼、解缨结发、行执手礼、行拜堂礼、交换信物，礼成。分食粮果，受众人贺，移步登真厅，读《昏义》、共感恩……

在这里，婚礼不仅是对爱情庄重的承诺，更是为传统文化的传承赋予了生生不息的意义。

耿学斌和贲道芳同为张真弟子。贲道芳原是“海上慈怀”的员工，后拜张真为师，学习庄子。秋浦书院建成后，这个重点大学的高才生、心理咨询师随之入院，成为正经部的一名老师。

而聋哑艺术家耿学斌与张真的师生情义，屈指算来，已经十三年。十三年的时光，耿学斌从一个懵懂少年，成长为一个集剪纸、绘画、泥塑于一身的青年艺术家；十三年的时光，张真由一个邻里乡亲眼中的怪人，转换成众人口中的“真人”；十三年的时光，“连山堂工作室”的作品从蒙城一路行走，一步一步地走出了国门。

登真厅里，张真接受耿学斌和贲道芳的跪拜大礼。一对新人热泪盈眶，长跪不起。而同样眼含泪花的，还有张真的其他弟子以及台上台下所有观礼的人。

中式婚典过后，我和张真在书院草坪上散步时，遇见了耿学斌的父亲。这个蒙城乡下的质朴汉子，握着张真的双手，郑重地说了一声：“谢谢！”

张真曾主讲过一场名为《庄子——芴漠无形的博大真人》的讲座，我想，“芴漠无形的博大真人”也许正是他自身的写照。就如他的名字一样，他在一条未知的道路上艰难潜行，无欲无求，只为了那一个“真”字。

2014年11月8日

大姐大

猫每天醒来第一句话就是："我饿了！我要吃东西！"

听到这句话，你得赶紧小跑着去伺候吃的喝的，动作慢点都不行，因为那货圆睁着双眼，一副跟你有八辈子仇的样子，让你不由得猛打几个哆嗦。

早饭。不管猫几点睁眼，都是吃早饭。其实若按时间来说，那起码也得是下午茶的点了。但猫讲究，说人不能不吃早饭，不吃早饭容易长胖，据她自己剖析，她那百五六十斤的销魂身段儿，全赖于早饭吃得好！

猫窝沙发那边口若悬河唾沫横飞头头是道，一会儿埋怨我牛仔裤洗慢了没干透她没法儿穿，一会儿指责我不给她把水果做成水果拼盘弄个大苹果是想砸死她的节奏。我在灶台前一边煎鸡蛋煮水饺熬稀饭一边点头如捣蒜，心悦诚服接受那厮的猛烈抨击。没办法，全世界都她地盘，凌晨两三点钟都还听她在给全球各犄角旮旯的兄弟们打电话确认地盘的安稳性，为了确保能平安活到老死，我除了夹着尾巴装小媳妇儿，还能怎么着！

早饭端上桌，千呼万唤把深陷在沙发里不愿动弹的猫请上座，还没开吃呢，她老人家脸上已堆满了愤怒和委屈，一双筷子把盛了红豆稀饭的碗敲得啪啪作响，嘴里骂骂咧咧："天天这几样破东西，当我是猪吗？连个肉都没有，是人吃的？""那个……饺子……饺子是肉馅儿的……"我底气不足地小声分辩，却引来了更大的麻烦："肉剁碎了就是素！你欺负我……呜呜……我要给江南分舵的兄弟打电话……"

那厮连哭带骂，鼻涕眼泪四管齐下。但见她掏出她的破手机，噼里啪啦开始按键，我一见不妙，赶紧起身一把夺过她的手机，果断地掐掉她的企图。在安抚那厮的不良情绪上，我有招数，那就是赶紧领她出门儿找好吃的。

在南禅寺附近一个名叫"如意"的馄饨小店儿里，猫口流涎水眼放绿光，任她见多识广吃遍天下美食，却仍漏掉了"凉拌馄饨"这道贴心贴肺的好东西。猫往八只大馄饨上涂满辣酱芝麻酱，然后手起口张如风卷残云，只眨巴眼的工夫，一盘馄饨就香消玉殒了。

然后继续晃荡寻找可口食物。你还别说，能入猫眼的食物还真不多！那丫个性张扬略有偏执之嫌，只要她不喜欢的东西，一概有一句总结性的话来定义："难吃得要死！""难喝得要死！""难看得要死！"我拉着她的小胖手儿走了不少大街小巷，最后在古运河边上找到了一家小馆儿，那里有道"面包冰激凌”，不俗。

猫叫嚣着要喝酒，要喝扎啤！我背着不仗义、不江湖、不哥们儿的骂名稳坐木格窗边不动声色，坚决守住了我戒酒的誓言，看她气急败坏地喝那两扎冰啤。猫喝着喝着，忽然一声大吼：“我靠！来无锡一星期了，连个男人都没见着！”话未落音，小酒馆里的主人客人齐刷刷朝我们这厢望来，我那个羞啊，恨不得跳窗扑进运河去！那厮还没完：“看什么看！有种来跟老子喝酒，单挑！”

我愁眉苦脸地缩在猫威严的眼神下，把我十几年来在无锡所有有过交往的人在脑子里过了一遍，最后确定，只有一个叫梁哥的，可以归于朋友之列，加上我兄弟小高，好歹也是两条汉子！天可怜见，我这个传说中的老江湖，在生活了十二年的城市，居然根本没有朋友圈子！

梁哥踏着暮色而来时，我和猫刚在小酒馆吃饱了各种撑。我们仨边晃荡在大街上，边就在哪儿喝酒吃肉进行了激烈的讨论。猫的意思，明儿个就要打道回府了，得整场难忘的，供她回去后吹牛。来这么久，她是肉也没吃好，酒也没喝好，牛也没吹好，刚见着个兄弟，那必须把她作为江湖大姐大的气势给发挥出来。

黑灯瞎火的太湖边，闻讯赶来的小高举着手机电筒，给搬弄各种食物的梁哥照明。三凤桥的七八个特色凉菜，超市拎来的十瓶黄酒和一打啤酒，以及这二枚有型有款伺候周全的男生，让猫在昏暗的灯光下大笑，举瓶连说：“爽爽爽！”

酒喝到中途，猫已跟小高称兄道弟，二人联手舌战梁哥，从民生问题讨论到国际局势，时而拊掌大笑时而击案怒骂，惊得隐藏在太湖边夜钓的各路钓客作鸟兽散，救下了不少鱼虾性命，若太湖有鱼精的话，我觉得以后会知恩图报。

猫和小高那都是喝白酒的主，黄酒在他们眼中还是陌生货；梁哥祖籍广东、生长在无锡，也算是个地道无锡人，那酒量，是极稀松平常的；我因为立誓戒酒，自不能自毁誓言。所以当这十瓶黄酒被三人瓜分后，梁哥已然差不多了。那猫和小高新认了兄弟，一口豪迈之气顶着，强撑着干完了那打啤酒。

从太湖边往回撤时已是零点，小高当场就摔一跤，听那动静，似乎不轻。我驱车把小高和梁哥扔在各自的小区门口，即领着嘴里还不时吆喝着“干！再干一杯！”的猫往回赶。到家已是一点，猫往咱家的破沙发上一扑，开始各种电话骚扰。我听了下谈话内容，倒是都很接地气，诸如：刘老爷生病住院的伙食问题，她安排的兄弟落实没有；云南小周的弟弟转学后需要寄住在信得过的好人家，她拜托的姐妹是否敲定；钱大爷到了常德，那就住在步步高楼上自家的办公室；拉萨小水骑车到了湘西，得安排吃饭休整……那厮嗓门巨大、豪情万丈，我听得心悦诚服，连连赞叹。

我下楼给她买夜宵，回来洗澡洗头发洗衣服，弄到三点已是疲惫至极，那厮竟然还是热情高涨，电话那头已是美利坚合众国的弟兄在接受检阅了。

上午九点起来，发现猫窝沙发上睡得正死。我也不吱声，把稀饭什么的给熬上，然后三百六十度无死角偷拍她口水长流的酣畅睡姿，发朋友圈出她的洋相。十二点，那厮终于醒来，叫嚷着要吃东西，哭丧着脸喝了两碗稀饭吃了半盘饺子一个煎蛋后，又倒头睡去。这一觉，天地玄黄宇宙洪荒呵，黄昏时才悠悠醒转！然后火急火燎地穿衣洗漱整理行装，说，上海的兄弟还等着她宠幸呐！

猫走了。坐高铁走的。没有吃中饭和晚饭，饿着肚子走的。

猫最后终于兑现了她“来无锡必须减个肥”的豪迈承诺。

2015年10月9日

倾盖相逢歌一曲

1

我一直不明白，那些鬼斧神工的句子是怎么浮现在他脑海中的。

大多数时候，他刀凿斧刻般的脸庞上不带丝毫的喜怒哀乐。那孤绝苍凉的眼神，让我不由自主地联想到古龙笔下的刀客李寻欢。

不知是刻意还是巧合，他一直袖着一把短柄小刀，偶尔执刀于手时，寒光闪闪、杀气腾腾。我确信，他若出刀必能取人性命；而他细细端详那把精光四射的刀时，那专注深沉的目光，让人疑心他握刀的真正动机。

他似乎随时准备出刀，划开他身后的重重帷幕，那些或畅快或痛苦或豪情或惨烈的往事，在他身后纠缠成网，密密匝匝地阻断了他的过去和现在。他无须抬眼，你便能感觉他凌厉的目光穿透过去与未来，把喜悦和疼痛在现实的餐桌上肢解。他不时在摆弄那把刀，用目光雕刻他的爱恨情仇。我相信，最终他会剔除仇恨和苦难，只把自己最浓烈的爱，雕刻成一朵晶莹剔透的“白菜”，盛放在世界上最伟大的博物馆里，永远碧绿苍翠。

实际上，他博客上的名字真的就叫“带刀的男人”。

除了江湖浪子，他的形象好像真的不适合别的任何身份。但他居然是个画家，而且还是一个宣称一写诗就要死人的诗人。

读过了他的诗，你就会发现，他的宣称真不是夸张。

我无数次押解自己/从凌晨的伤口出发/走过村庄/穿过城市/在血泪中撬开伤痛紧闭的嘴/却在痛处被缝合回去。

……我要去痛处播下种子/等待来年从伤口长出五谷杂粮。

我第一次读到他的诗，就被这样锋利的字句钉在了椅子上。

2

我已经五年没有正经干活了。

五年前赚下的散碎银两，在不断的游山玩水中化为流水，而一场关于邀朋会友推杯换盏的饮食乌托邦，将我彻底拉回贫穷。我卖掉了最后一间门面房，打算重新起步。

私底下怒骂了无数次那个趁火打劫的买家后，我拿着那可怜巴巴的二十二万元，想短期内增值。那点钱，确实不够干什么。我于是在半月之内输掉了十八万。

我不是个内心强大的人，轻易丢掉的最后一根救命稻草，让我濒临崩溃。

尘世间的事，总是如此若明若暗，起起落落。当我以为生活要拐向一个意料之中的支点时，它却嘿然一笑，将我带到另外一条岔径之上。

恰在那时，朋友道爷向我推介野夫的《乡关何处》，我从中读到了那篇《烈士王七婆》。

那个九岁带刀、本名王琪博的男人，那个20世纪80年代驰名诗坛、在诗歌烈酒与殴斗中赢得江湖威名的男人，那个挣下千万家财再挥霍一空的男人，那个欠下高利贷险被活埋的男人，那个放下屠刀立地成佛、回归诗与画的男人……身形高瘦酷爱带刀的王琪博，就这样穿云破雾、一身落拓地站在了我眼前。我一下子就释怀了——好歹没有人要把我埋了吧？

3

顺着野夫的微博，一路查探，我看到了一身明艳装束的王琪博，看到他的诗和画在那方小小的电脑屏幕上恣意怒放。我关注了他的微博。

他似乎不睡觉，因为不管是青天白日还是夜半三更，他的微博总在更新。他的诗和画总是结伴同行，很少有孤独的画单身的诗出现。《红颜祸水》的画，配着诗歌《昙花一现》，《天高云淡》配着《牢门深雪》，《初恋的颜色》配着《三天》，《坐井观天的蝴蝶》配着《恋人》。他似乎一直在跟他自己作对，他的内心柔软而纠结，正如他的外表冷硬但衣着鲜丽。

他很少转发别人的文章，偶尔转时就必定会用他那独特的语言细细评论，那些突然而妥帖的字句，往往让人忘了原文。他回复别人的评论时，言语虽然犀利，却保有江湖礼数。

我在很长一段时间里翻看他或久远或崭新的博文，不评论，不留言；我悄悄打量着那些神奇的诗词，不敢妄加评点，生怕一不小心打碎了它们巧妙的排列。

今夜/大河奔流/南海北国相安无事。

夜在做梦/被子和我相依为命在床上抱团取暖。

待将自己赶尽杀绝/同刀一起立地成佛。

无论是精心的几行诗作，还是随意的一句网评，那些平平常常的方块字在他手上像被赋予了魔力，有时大开大阖，虎啸龙吟，如君临天下起落铿然的霸主；有时刀劈斧斫，阵列森严，似大漠黄沙里崭露出来的一具骨架；而有时候，他也会收拢缰绳，将一些柔软细腻的小情怀蛰伏在汹涌之中，只剩一缕幽思在夜空飘荡。

4

以人衡文固然为我所不屑，但以文衡人，也未免会如以貌取人一样，最终失之子羽。倾盖论交，讲究的就是一个缘字，何况微博时代，渠道和反馈都在当下，交臂的机会总是有的。

我决定跟王琪博搭个讪。

他的微博上刚好更新了一张一身红衣服的照片，我一看就笑了。这个带刀的男人，虽然神情冷峻，言行落落，但身上总是带着一些出人意料的东西，让人目不暇接。

于是我在评论区写下这样一句话：一张千锤百炼的面孔配一袭千娇百媚的红衣，七哥的形象跟他的诗一样鬼斧神工。

我跟王琪博的交往自此开始。

有时，你不得不相信文字是有一种神奇力量的，它会超脱冗繁的社交仪式，沿着某种似乎熟悉已久的气味直抵灵魂，让千山万水外素不相识的两个人瞬间成为哥们儿。可以声气相通，推杯换盏，隔篱呼取尽余杯；可以意气相投，推心置腹，慨然一诺共生死。这跟现实生活中的亲人朋友间牵扯了太多俗世烟火是不一样的。

我大概只能算是个半文盲，只因我身上留有的农民式的质朴热情，以及生长于湘西北土地上所沾染的江湖匪气，才让我有机会结识了这样一群奇人异士。他们能让我享受那奇异的魅力，也让我的江湖生涯平添了无穷生趣。总之，我跟琪博成了朋友、哥们儿，并在他发出重庆一聚的邀请后没有丝毫的犹豫推托，当下买了机票，穿云破雾而去。

5

冬天来得不假思索，四处传言末日将至。

重庆的天空阴云密布，行道树落叶纷纷。蜡烛、手电、面包、饮用水成了热销商品，那些衣着灰暗的路人行色匆匆，他们在为末日的来临做苟延残喘的准备。而我坐在王琪博家三楼的地板上，将一本随身携带的《大傢语》翻得哗哗作响。

我试图将文字与现实做一个串连。

一字篇、二字篇、三字篇，那些似匆忙挥就却绝加不进任何一个修辞的简洁文字，真跟沉默寡言的琪博无比契合。那些文字有的像是被火烤过，有的像是被水淹过，有的像是被剑劈过，还带着新鲜的伤痕……它们更像是刚刚从大地剖出来的，滴着淋漓鲜血满身疼痛，却又满含深情；它们像海水中漂浮的一截朽木，周身腐朽偏又生出了一点翠绿的嫩芽。这样的文字是用笔写出来的吗？它们真像是一刀一刀刻出来的，每个字上都留有刀锋的锐利。

我打量琪博的画。尽管，我完全不懂画。

一楼的工作间、储藏室，二楼的休息厅，三楼楼梯转角处，都整整齐齐堆立着宽宽窄窄的油画。那些画，有的已经画成，有的还是半成品，但普遍色彩明亮、主题轻快。

我曾在他的博客上看到过一幅名为《活不下去了》的作品。画上枝木干枯，但树干笔直；色彩暗沉，天空占了大半个画面。那可能是他的早期作品，充斥着纠结、挣扎和抱怨。而我面前的这些画，下笔简洁，没有整篇幅满满的构图，取之以简单的线条和局部的点缀，弥漫着单纯和快乐。可是，这简单里却充满着倔强，明明是青草地里生长的七棵树，名字偏偏叫《根朝下举起泥土》，这种逆向生长的意境，与他性格里的不认输不从众不随波逐流，是相契合的；而那一组《水性杨花》，更是亮丽中盈满忧伤。

6

我不知道琪博何时是醒着的。

早晨七八点钟，我从三楼房间下楼走到底楼客厅，整幢楼静悄悄的；中午吃饭时，饭桌边并不见他人影；晚上我从外面神游回来，他二楼的房间却又已门窗紧闭鸦雀无声。有时半夜，我去二楼卫生间，探头打量一楼他的工作室，仍是漆黑一片。当我几乎确信他并未工作时，他的新作却又会出现在一块巨大的画布上。那或深或浅的色彩，在画布上或重或轻地铺展，似乎在轻叹琪博半梦半醒的人生。

重庆三日，我每每游荡于各种酒肆茶坊，寻访美味小吃，又总有朋友闻讯而来，每天早出晚归，歌吹宴饮，任侠使气，弹杯把酒，指天骂地，将一堆萍水相逢的日子过得水深火热，与琪博竟未有拥茶坐谈之时。

临行前夜，我自外跟朋友饮酒回来，已是半醺。推门而进，客厅里高朋满座。我在琪博身边坐下，听他跟诗人海波、导演李杨以及另一些朋友高谈阔论。我并不插话。

四川方言我不完全明白，我听他们似乎在谈论一个得志小人，那人以前是琪博手下的小兄弟。醉眼蒙眬间，我看琪博狠抽自己一个耳光，众人默然，而琪博目光凌厉，恰似手中那把待而未发的飞刀。

夜深大家散去，各自回房休息。

第二天清晨，我在客厅里见到正在吃面的琪博。他穿一条明黄的休闲裤、一件枣红色外套，情绪饱满精神抖擞。他的工作室灯火通明，油彩的气味弥漫在他的新作上。他说那幅画叫《天高云淡》；他说小宽胖写了一篇关于他的文章，叫《血泡饭》，写得真不错。我开玩笑说回头我也写一篇，也包他满意。他哈哈一声笑，放下手中面碗，阔步上楼。

我在客厅里坐下喝茶，跟早起的海波聊了会儿天，然后道别。

7

这个九月，我回湖南老家小住，与常德书友会的众多朋友们弹杯把酒时，常常念及王琪博。他波澜壮阔、诡奇莫辨的半世江湖生涯，引来大家无数感慨、倾慕和向往。我们谈论他的爱情、朗诵他的诗歌、遥想他的江湖，大家齐齐把他当成了好朋友、好兄弟。一日，妖妖会长一拍桌子：韵珂，你邀请琪博过来喝场酒吧！

只一个电话，他还真就来了。

他带着他的生死兄弟矮子，驱车八百公里，从重庆来到了常德。常德书友会三十多人聚于图书馆，等着他的身影出现。

他们在众人的欢呼声中落座。

诗歌、烈酒、掌声和拥抱，是整晚的旋律。大家捧着他的诗集《大係语》和《爱情的家乡在春天》深情诵读，庆贺这一场惊心动魄的相逢。一首《今夜》，让戒酒多年的他举瓶痛饮；一首《矮子之歌》，让他潸然泪下。王琪博，这个诗如剑、画似刀，剑剑划破今古、刀刀直逼人心的传奇江湖男子，以这样感性的形象瞬间赢得了大家的尊重和喜爱。

图书馆的吟诵持续至凌晨，然后众人又转战夜市大排档。几张长桌临街一拼，几条长凳一围，大家就此落座。天空飘起了细雨，凉风习习，行道树上的叶子随雨飘落在众人身上，无端涌起一股萧瑟之气。几瓶啤酒下肚，琪博说要朗诵文章，于是有兄弟起身脱下外套罩在琪博的头顶上，遮挡一下绵绵不绝的雨丝。就着手机微微的屏光，琪博朗诵的是我年初写于博客上的、我与他重庆晤面之后的一篇散记。文章由琪博的重庆方言诵出，豪迈、苍凉、悲怆。念到动情处，琪博声音哽咽、泪眼猩红，而我们坐在风雨中呆望着琪博，不言不语不吃不喝，只任落叶细雨飘在头上、身上、桌子上和迷蒙的夜色中。

第二天，琪博和众书友冒雨登德山乾明寺，拜访来空法师。九十一岁的来空法师俗名吴淞，是国民党抗战老兵，少时入伍抗日，参加过常德保卫战、衡阳会战、长沙会战等著名战役，历枪林弹雨尸横遍野之恶战无数。新中国成立后被“清算”，判无期徒刑，入狱二十三年后获释，终于看破红尘、遁入空门。

琪博与法师促膝而谈，这两个在时代洪流里同样遭遇风刀霜剑、历经人世流离的人，此番历数人生劫难反落了平和，纵使世态炎凉江湖险恶，仍身心岿然如德山之嵯峨。访毕，琪博顿首，起身拥着法师瘦削的肩，并请以作画（2014年8月，琪博兑现诺言，画成《来空法师》）——“您生就罗汉相！”

夜晚的雨越下越大，渐成滂沱之势，我们连场的诗歌朗诵却仍在酒桌上进行得如火如荼。我不知道现在的琪博已不胜酒力，单记得他年轻时曾有一口气干掉一瓶白酒的光荣历史。书友们一个接一个举杯敬琪博，而这个“一写诗就要死人”的诗人、一幅莲花都能让人感动得掉眼泪的画家，竟是杯来杯空、瓶来瓶尽，丝毫不给自己不喝的理由。

琪博醉了。醉在风声、雨声、诗歌声里，醉在妖妖会长率领的常德书友会众友的目光中。凌晨三点五十分，醉后醒来的琪博干掉一碗壮行酒，和他的矮子兄弟踏上归程，在倾盆暴雨中，模糊在众人的视线里。

8

琪博走后相当长的一段时间里，我和朋友们都不能从那一场如狂风暴雨般的相聚中缓过神来，大家如魔障般热爱上了他的诗歌，饭前不激情朗诵不许动筷，饭后不深沉吟咏不许下桌，而席间的诗歌接龙更是成了常态。

这世上也许不乏真性情之人，可于一个人短暂的一生，遇上其中一个仍算万幸，而如琪博这样的奇男子，普天之下又能有几个！他的诗、他的画，已经是这世间少有的灵魂喷涌之作，而他的情他的义、他的豪迈和耿直，更是人间至珍。

琪博的微博更新很快，三天两头就会有新作出现。他的诗，被他的大量粉丝们配音朗诵、作曲传唱；他的画，在微博上一经挂出，就会被抢着收藏，很多慕名买画的人都需预定，有些人甚至根本不问画的尺寸大小，就汇了购画款来。

琪博回去后的第六天，书友会收到来自重庆的一个包裹，拆开一看，那是琪博送给朋友们的一份重礼—— 一百本《爱情的家乡在春天》和一首新诗。那首诗的名字是《今夜，常德是一首诗》:

今夜，常德是一首诗

9月22日下午从重庆的秋意出发
驾着一行长长的诗句
到达常德夜晚的9点22分
今夜
常德是一首即将开口朗诵的诗

图书馆是一位面街而立的学子
内心装着死的知识、活的书友会
韵珂赤足走在诗歌《今夜》的故乡
今夜
每一位同仁都是一首诗的一行句子

妖会长的眼镜戴着韵律与节奏
更戴着眼界
知识深处的光芒
常德话和普通话在朗诵的乡间小路来往穿梭
今夜
常德是一首让人落泪感怀的诗

深夜的天空响起雷鸣电闪的配乐
倾盆的诗意在秋雨中狂泻而下
缓缓归途中常德渐去渐远
今夜
常德是一首故土别离的诗

2014年9月28日

他年招手莫相忘

1

常德书友会是一个松散的民间组织，成员来自五行八作，都是喝过些墨水的人，要么能写能画，要么口才不俗。书友会不设任何门槛，只要由其中一位成员介绍，加入QQ群即可。

有一次我乘出租车，发现司机口才极为不俗，风土人情乡间趣闻出口成章，针砭时弊旁征博引头头是道，愉快的交谈让时间变得飞快，十来公里车程感觉转眼就到了。下车后，觉得就此错过这个人才有些可惜，赶紧记下已汇入车流的出租车牌号，告诉书友22，那厮到处打听，硬是把这司机搜罗进了书友会。

书友会的前身，名“妖园”，其实就是网名叫妖妖的女子的博客。妖妖在图书馆工作，每天把自己收拾得清清爽爽漂漂亮亮，朝九晚五上下班，空闲时就看看书写点小文章，过得恬淡惬意。可命运偏跟她开玩笑，一个原本与世无争的人，硬是被莫名其妙推上了一把手的领导岗位。

妖妖当不当一把手，跟妖园的那帮闲人也无甚关系，大多数人甚至压根儿没打听过这个行文幽默风趣的女子姓甚名谁芳龄几何。

信息时代，网络社交日渐蓬勃。妖园开园几年后，那些经常进出园子的陌生网名早成了电脑两端的知己好友，于是便开始线下聚会。园主一声吆喝，同城竟到了数十号人！众人一照面，就发现这个妖妖果然优雅知性，举手投足自有一种春风拂面的魅力。于是推杯换盏、高谈阔论，大家都找到了酒逢知己的感觉。为了能保持这种高山流水的幸福感，众人一拍膝盖，当即决定组织个小团体，隔三岔五聚一聚，喝喝酒吹吹牛，也算是人生一乐。大家因读书写文相识，于是就叫书友会，妖妖自然而然地由园长摇身一变，荣升为会长。

对于一群爱读书的人来说，妖妖的图书馆一把手位置，自然起到了近水楼台的作用。

2

书友会组建之初，不外乎众人相聚一堂吃吃喝喝，基本是会中某人在QQ群里发一则请吃请喝的消息，注明时间地点，大家自动前往，到得几人算几人，反正多少都是一桌。少时寥寥三五个，围着张能坐十几人的大餐桌，像走散了大部队的残兵败将，动作也似电影升格镜头，做东的人免不了说几句“知道兄弟不富裕，替兄弟省钱”之类自嘲的话，脸上却是掩不住的失落；多时几十号人，先到的坐一圈，后到的见缝插针站一圈，有时竟站了两圈，上酒上菜的小二靠不近桌子，只由得盘盘碟碟从外往里在脑袋上空接力一圈后落到桌上，酒汤菜汁少不得溅到衣物之上，受灾者哈哈一笑，戏称中奖，说这奖品回去后是要原样收藏起来的。久而久之，约定俗成，请客自愿，轮流做东，竟把本应书香四溢的书友会，弄成了个酒囊饭袋团伙儿。

常德城边有座河洑山，山上住着一位叫“抽风”的伙计，有次发了个图文并茂的申请书，要求在某个重要的节假日请客。那厮手绘了一张河洑山周边地图，标注了东南西北、山川河流以及各餐饮店之具体位置，并附带了每个食肆的特色菜品、店铺风格、景观要点等详细说明，然后请大家投票表决，以票数多寡确定中标饭店。一时间群情激昂，人人都似在抽风，又是拉票又是出主意。此过程之热闹，远远胜过了喝酒吃肉本身。

后来，又有在某杂志社供职的悦屏，提议在僻静之地弄个野外聚餐，埋锅造饭，搭帐宿营。此主意一出，附和者如过江之鲫，最后被理所当然地采纳。

聚餐之日，秋高气爽，城南城北数十号人呼啸而至，在一个叫花岩溪的地方，寻一块空地，将所带灶具食材及一应物品摆开，就开始在那蓝天白云下煎水煮茶、烧肉烤鱼。

青山绿水间安营扎寨，自是平添几分豪气。大家自动摒弃了功利牵扯，卸下平日里所有的伪装，大快朵颐开怀畅饮。

人一旦抛开了世俗人情，便很容易敞开肺腑。待夜幕降临篝火点燃后，酒酣耳热的众人已势成莫逆。就有人出主意说即兴来台晚会，大家一阵噼里啪啦的掌声，然后一致推举在常德晚报社工作的小帅担任临时导演一职。

话说这小帅，那确系常德市数一数二的怪才，不仅胸罗万象笔底锦绣，那敏锐的思维根本不是常人所能想象的。此人刀子嘴豆腐心，初交之人往往被其犀利的言辞吓蒙，好几天缓不过神来；但接触下来就会发现，那厮其实是个古道热肠之人。

小帅略一思索，就按人头制定了节目，并采用抽签形式决定表演次序和内容，又拉了在常德日报社任职的颠颠做主持人。于是大家在不断的哄堂大笑中，欣赏到了一场妙不可言的演出：珠圆玉润、体重足有一百五六十斤的胖妞跳起了《天鹅湖》，平时说话都要脸红的谦谦君子演起了媚眼乱抛的风尘女，中年帅哥成了女流氓，温文尔雅的妖妖更在一出相亲短剧里出演了“村长家的傻儿子”……

晚会一直到凌晨两点，大家还意犹未尽。众人惊奇地发现，原来这群萍水相逢的人个个身怀绝技，不仅有现成的导演、编剧、主持人，还有以悦屏、阿雅为首的一批表演大师，此外也不乏精通吹拉弹唱之高人。

夜色中，不知谁忽然吆喝了一声：“咱们完全可以搞台春晚啊！”此话如一道闪电划过夜幕，渐渐暗淡的篝火忽又熊熊，一张张过度兴奋的脸在火光下焕发异彩。书友会一年一度的春节晚会，就此敲定下来。

3

冬天说到就到，转眼就近岁末。

原本靠打一枪换个地方聚会的书友会，因为有了“办台春晚”这个崇高的理想，自然开始考虑“怎么办？在哪儿办？”这些实际问题。问津者就职大学的礼堂，雷律师的事务所，龚哥工作的海关，以及众人时常捧场的某茶馆，都进了候选名单，但因各种利弊迟迟不能定断。最终这年的春晚，就在图书馆的会议室举办。场地虽小，但热闹非凡，正应了那一句“麻雀虽小，五脏俱全”。

要说妖妖真是不俗，她自那次篝火晚会结束后，就开始规划要在图书馆建一个讲堂，一来可以定期举办讲座，让众多有学识有良知的人传播真理；二来可以不定期进行各种学术研讨、读书交流、影视观赏与点评等主题活动；第三当然也就顺理成章地解决了春晚举办地的问题。

妖妖的计划是如何打动她的上级领导，她为这个计划跑了多少路、盖了多少章、做了多少协调工作，我们都不得而知，只知道第二场春晚的筹备议题在书友会提起时，大家已经不用为场地的事情烦恼了。

这一年的年终，如果你恰好在常德，恰好进了图书馆，又恰好走进了新落成的“书友讲堂”，你就会看到由常德书友会和常德图书馆联合举办的“第二届春节联欢晚会”正在热火朝天地进行。你会看到四名男女书友组成的主持阵容光彩照人落落大方，简直完全不输那些“金话筒”得主；你会看到聚光灯下的独舞如梦如幻；你会听到美声四重唱《今夜无眠》声震九霄；你会觉得那些大腕不上春晚的原因，是因为这里横空出世了小品《盗梦空间》；你会惊诧于话剧《雷雨》这一台人马居然不是北影中戏毕业的专业演员。总之，你会感动于这一场邂逅，会陷入台下沸腾的观众群里忘了今夕何夕。

似乎是下定决心要与央视一争高下，春节过后，众书友商定要举行一场别开生面的颁奖典礼，表彰书友会自建成以来有突出贡献的书友。小帅设定奖项，我受命写颁奖词。

奖项共设二十九个，尽是些诸如“鸡血偾张奖”“脱胎换骨奖”“啰里八嗦奖”“一本正经奖”“满罐子不荡奖”“半罐子起波浪奖”等令人啼笑皆非的名目。三月底，颁奖典礼在小帅主讲的“《一碗阳春面》作品赏析活动”结束后隆重举行。

这是个略显闷热的午后，一群群花枝招展的裙装淑女，一个个彬彬有礼的西服绅士，来到签名墙前龙飞凤舞，然后又是亲吻又是拍照，让人疑心这是戛纳电影节现场。但若仔细打量签名墙，保管你会笑得喘不过气来：

“生是书友会的人，死是书友会的鬼！”“打死你，老子也不背叛书友会！”“红星二锅头是常德书友会指定用酒。”“酒，不分好歹都喝；人，不分男女都嫖！”……

轮到妖妖签名时，她笑得花枝乱颤眼滚泪花：“这是打哪儿来的一群地痞流氓啊？我作为会长除了跟尔等同流合污可还有别的选择？”

颁奖典礼在一阵阵大笑声中进行。

奖品除了金光闪闪的奖状，还有出其不意的奖品：“世界如此美妙，五毛令人暴躁，但有斗士在此，看谁还敢发飙！”——“圣斗士奖”得主22，捧到一个陶瓷小公牛；“先打胰岛素，再喝二锅头，刘伶不是你对手，李白见了绕道走。”——“病行不悖奖”的获奖者培哥，领到的是一瓶二锅头；因给书友会大小活动积极提供各种物质及技术援助，荣获“金鼎酱油奖”的康哥，就拎走一桶货真价实的酱油；而以小品《盗梦空间》一举拿下“死脸卖艺奖”的悦屏和阿雅，则捧得一匝剪刀手模样的标配奖杯……

这群老老少少的顽童，在一个春日的午后玩得欢天喜地，甲给乙颁奖，乙给丙授杯，丙又给丁发酒……人人满面春风，个个笑逐颜开。

4

“我常常对有才华的文字工作者心存感激，没有他们，我真不能想象我们的生活会多么乏味无聊，多么空虚苍白。那么多等待的时光该如何度过？没有意义又必须得听报告的时间该如何打发？幸亏有书籍，才不至于让我们无聊得死去活来。即使在一个陌生甚至尴尬的环境里，只要一卷在手，就会气定神闲。在很多我们无助和无奈的时候，是文字接纳了我们，将我们安顿得妥妥帖帖。”这是妖妖在书友会举办的“阅读与悦读”讨论会上的发言。

是的，阅读和悦读，这才符合书友会的整体气质。

书友会自然不缺真正的读书人，大学老师问津者，就是个地地道道做学问的人。

这个身形高瘦的儒雅学者，曾是某大学最年轻的处长，管理着油水甚厚的后勤处，还当过办公室管吃管喝的副主任，当过系主任，当过独立学院副院长，不管是“前途”还是“钱途”，都不可估量。当他执意要摆脱一切官职、回归讲堂授课时，领导同僚无不愕然。

他坚持言传身教，在学校开设选修课，“影响一个是一个”；他成立师生间的读书交流会，每周五晚开展读书活动，并吸引了校外人士参加；他引导学生多读书、读好书、勤思考，养成良好的读书习惯。作为教育家张楚廷先生的得意门生，他写有很多犀利厚重发人深思的理论文章，他的观念和见解让人肃然起敬。问津者的社会责任感和对现实的理性批评精神，似乎已是当今大学难以寻见的宝贵品质。

我每次回到常德，必跟问津者喝几场酒。有时是我们俩，有时还有培哥、吴老师、刘大爷、阿雷等既好酒又性情的书友。大家找一露天的夜市摊子，当街一坐，胡乱叫上些肉食烤串花生米，就喝起二锅头来。

问津者和我年龄相当，吴老师和培哥都是老知识分子，比我们大着十几岁，但性情格外爽朗。培哥高大魁梧，脾气跟他的身材一样威武，见火就着。有些不识相的家伙误入书友群，装腔作势地为威权辩护，不管对方是何方神圣，培哥都会骂出门去。看似毫无门槛的书友会，还真不是什么人都能来撒野的地方。

培哥有严重的糖尿病，医生早已严令他戒酒，然而每遇意趣相投之人相邀，他必然应允。他身上常备胰岛素，举杯之前先侧身打上一针，是大家常见的场景。他酒量不算大，酒品绝对好，微醺之际偶尔谈及他落难的北大校友时，会长叹一口气，再猛灌一杯酒。培哥浸淫古诗词多年，诗人独有的风流倜傥和怜香惜玉，让他拥有老老少少的红粉知己无数，多半辈子的人生确实当得起“活色生香”几个字。

吴老师是个真正活通透了的人。他精通中西音乐，会玩多种乐器，却不显摆表演；他书法不俗，却不授徒赚钱；他酒量非凡，却不恃酒逞强；他博学多才，却不恃才傲物；他看通世事，却不点评指正。世间万事在他眼中早已云淡风轻。

某次喝酒时，谈到所在大学分的团购房，大家谈论谁的指标卖了五万谁的卖了三万时，只有吴老师一个人在自斟自饮怡然自得，对众人的言辞毫不在意。有人问他的指标是打算买房还是卖掉时，他回答说：“指标？我不买房，用不着指标，没要。”众人惊问为何，他说他一想到指标在手要跟人讨价还价叫卖，就浑身冒汗；他说他的工资够他吃花生米喝二锅头了，家人也都各有薪金，不需要多余的钱了。

“以前我想着发财了天天喝茅台，后来发现二锅头也蛮好喝。钱够用了。”看看众人狐疑的样子，吴老师又加了这么一句，然后继续慢条斯理地喝酒。

刘大爷是培哥的儿子，有着跟他爹一模一样的率性耿直古道热肠。这个博览群书、口才出众，曾经由驻港部队转业至南方某重城政法委的帅小伙，原本有着寻常人眼中不可估量的锦绣前程，却在工作几月后选择了挂靴而去，回到家乡常德当了一个毫不起眼的教书先生。面对亲友乡邻的打听，他只轻描淡写地回一句：“就是想当个老师了。”

我跟刘大爷喝过多次酒。不管是大聚会还是小宴请，刘大爷必是那个端酒就干的人，也是那个抢着买单的人。有时，我会为他的经济状况担忧，私下悄悄问他，他哈哈一笑，说：“老姐你别担心，咱们好手好脚，饿不着，实在没钱，还有一身正气保暖过冬。”

阿雷是书友会大熊猫级的人物，有着极为深厚的哲学、文学、经济学功底，言谈举止自信又谦和。这个九零后年轻人，本科专业为博物馆学，大学毕业参加工作，一出手，便捧回“中国博物馆十大精品奖”奖杯。

获奖之后，阿雷辞去高薪工作，潜心攻英语，为赴英伦深造做准备。“不去英国读几年，学不到博物馆精髓。”阿雷说。

问津者、培哥、吴老师、刘大爷、阿雷等为书友会带去一股清冽凛然而又散淡自由的书卷气，他们让大家更清醒更客观地看视世界、看视历史，他们引导着更多的人成为传播知识、传播真理的布道者。

5

书友会一直以松散的形式保持联系，一个电话、一条微信、一句QQ留言，皆可聚拢一群人；一块草坪、一段堤坝、一间陋室，都能成为吟诗作赋谈古论今的场地。大家用随聚随散的方式，举办了“诗意的栖居”“我的生死观”“做更美的自己”“阅读和悦读”“我喜欢或对我影响最深的书籍”等主题活动。时间一长，本城一些媒体人自然闻风而至，但往往由于话题的尖锐而放弃报道的初衷，最后却成了书友会的新生力量。

“书友讲堂”的落成，于一座日新月异的城市而言，是有了一个汇聚和传播知识与良知的所在，但若无真知灼见者的善意引导和利用，难免会落入一个尴尬的境地：要么沦为欺世盗名者替威权涂脂抹粉的场所，要么成为一个附庸风雅的摆设。

“书友讲堂”举办过一系列讲座或专题活动，比如“作家陶少鸿作品专题讨论会”，问津者的“用教育唤醒生命的美好”，培哥的“江月照千古，孤篇盖全唐——古诗词鉴赏”彭彭的“戏曲和古琴雅集”等，表明了主办者立志为良知传声的美好初衷。

妖妖确实是个不凡的女子，她在花样年华时下嫁给当时的“现行反革命”龚哥，就显露出她柔弱外表下的特立独行个性。妖妖长相并不算漂亮，且已年过半百，但不管她往哪儿一站，就自有一种绝壁临风的脱俗之气。进出于书友会的人群里有不少天生丽质的美女佳丽，但只要跟妖妖站在一起，就会让人感觉缺少了点什么。

书友会里能人极多，有不少是各行各业的顶尖人物，但大家对妖妖的敬服，是发自肺腑的。著名的教育学家张楚廷老先生在某大学的一次讲座之后，与妖妖及几位书友晤面，畅谈之下十分愉快。“我要当副会长。”张老先生近似于孩童般的质朴语言，让大家经年之后还记忆犹新。

世事无常，是非黑白、喜怒对错，多半也是因人而异，陌生与莫逆之间，隔着的也许只是一场酣畅淋漓的推杯换盏，也许仅仅是千里之外对某个作家、某篇文章的一个相同热爱。

书友会的成员大多已年过不惑，看透世故人情历尽世间冷暖，他们在各自的生存空间里，自然难脱玲珑圆滑的俗世之气。但在这个“以书会友”的圈子里，每个人都找到了灵魂的归属地。书友会对大家的影响，不仅仅是一个阅读的坚守，更是对良知的启蒙和传播。

我时常有感于缘分的神奇力量，它让一个少小离家、对故乡素无深情的人，一遍遍走在回家的路上；它唤醒一个习惯于浪迹天涯四海为家的游子心灵深处的思乡之情；它在我离开家乡二十几年后，一次次对我发出魅惑的召唤。

世上没有不散的筵席，也许不久以后，“常德书友会”这几个字就会失落于尘世的烟火之中，这群一起玩、一起笑、一起吃吃喝喝、一起忧国忧民的书友，会重归于各自孤独的人生旅途。但是，这一段浓墨重彩的故事，一定会写进每一个人的人生履历里，不随岁月的流淌而消失。

我希望多年以后，当我再次踏上故乡的土地，邂逅这群旧日朋友时，仍旧相拥一笑，如刚刚分开。

2017年3月26日

江湖

1

你说，我们创建一个自己的江湖好不？

我说，好！

你说，就叫瓦岗寨好不？

我说，好！

你说，喝酒都用碗、吃饭都用桶好不？

我说，好！

你说，所有装腔作势的人进门就抽他好不？

我说，好！

2

自打那厮留了长须、披上僧袍、扛上自制的月牙铲招摇过市后，大家就齐刷刷地忽略了他的真名实姓，改称老鲁（鲁智深）了。

老鲁大步流星走在熙熙攘攘的人群中，一身浅灰僧袍迎风飞舞，颇有仙风道骨之韵；老鲁手中总握有一把深红色的小木梳，一边马不停蹄地闪过人群一边行云流水般梳理着长须，视四面八方各种目光如无物，这一点让我很是折服。

我埋着头跟在老鲁身后面红耳赤了几日后，就很坦然了；我甚至还能左顾右盼欣赏那些惊讶的、疑惑的、讥讽的、赞叹的、视而不见的目光。这是个很有意思的过程。

老鲁走到卖鱼的摊位前，脚不停步、梳不离须，吆喝一声：老板来二十个鱼头！然后扬长而去。

老鲁走到卖肉的摊位前，梳不离须、脚不停步，吆喝一声：老板来十五斤大肉六只前蹄！然后亦扬长而去。

老鲁走到卖鸡的、卖鸭的、卖牛蛙的、卖虾的、卖螃蟹的、卖青菜白菜辣椒萝卜大葱小蒜的等等等等形形色色的摊位前，都是吆喝一声然后扬长而去，长须飘飘、衣袂飘飘，留下一堆莫名其妙的目光。

老鲁走到天桥边、树荫下的卦摊前，会停下脚步，跟指点迷津的大师们来一番谈笑风生，转头弯腰俯身给路边的乞讨者一些零碎银两，再缓步离开。

老鲁从一个满腹经纶的文人华丽转身成了一个每天跟菜贩子打交道的掌柜，只用了不到一月的时间。

幸好还有长须，还有僧袍，还有月牙铲，还有一把闪着暗红光泽的小木梳，让老鲁在进入菜市场和走出菜市场的单位时间内，把个乱哄哄的大杂烩变成了鸦雀无声的江湖。

3

夏天的时候，认识了那男孩。

男孩姓唐，二十多岁，支了个烤串的摊儿，边上竖个木板，上书：会唱歌的排档。

男孩烤串手艺较差，就我们一桌三个客人，半小时后才烤了两串韭菜上来，开始没有上味，后来又太咸。

我们问男孩“会唱歌的排档”是什么意思，男孩抬起满是汗的脸回答说，闲下来的时候，他会弹吉他唱歌。

我们自己烤串，让男孩即兴表演一下。

男孩弹唱的是《月亮代表我的心》。很生硬的旋律，没有节奏感。男孩五音不全。

男孩告诉我们他现在在一家传媒公司上班，1800元一月的工资，晚上出来支摊，但生意不好。

男孩很认真地对我们说他的梦想是做个音乐人。

男孩是我的同乡。

秋天的时候，我们的江湖开张。

女儿会在周末放学后来店里弹古筝，平时店里的音乐只能靠唱机，这让江湖中人很不满。

于是想到我那同乡。

男孩接电话时声音很惆怅，说摊儿入不敷出，早就收掉了；说传媒公司开不出工资，已经辞职不干了；说正在跟朋友组建乐队，还没有建成；说还没有住处，现住在大学城一朋友的学生宿舍里。

男孩对我们开出的每月1500元、每天晚上来两小时、包食宿的提议很兴奋，说隔天上班。

男孩背着吉他来了。

调了半晚音后，男孩弹唱了一曲，仍是《月亮代表我的心》，仍是生硬的旋律，仍是没有节奏，仍是五音不全。

男孩晚饭吃得很香。

第二天男孩没有来。

过了两天，男孩发来条信息，说他的梦想，说他的品位，说他的鸿鹄之志。

男孩说要去找能跑夜场的酒吧。

天很快就凉了。冬天了。

男孩在电话里的声音很萧瑟。

男孩说跑夜场不顺利，酒吧客人要求很多，满足不了。

男孩说大学最近查得紧，学生宿舍不能住了。

男孩说想回到我们这儿来。

男孩说他决定从最底层开始做起，一直到实现他的梦想。

男孩跟我提起了“出场费”三字。

男孩说他每晚只能来一小时，每次出场费500元。

我听着男孩的诉说，沉默着没有回答。

往手心哈口气，活动活动指关节，再戴上玳瑁指甲。

坐在古筝前，脑子里回荡的尽是《广陵散》《高山流水》《临安遗恨》等千古名曲。

我决定自学成才。

4

积雪融尽，天气晴好。

早餐吃面。

吃着吃着，老鲁忽然把筷子一搁，说，兄弟，带上碗，走！

跟随老鲁去马路对面公园，寻个地儿，两人并排一蹲，碗往面前一放，开始云里雾里闲扯。

老鲁说，兄弟，回头咱们弄辆旧三轮车，车把上挂两瓶二锅头整包花生米，戴着草帽吹着口哨走街串巷，会会丐帮的兄弟们喝喝酒，顺便收收破烂挣点酒钱，如何？

我说，好！但你看咱俩这乞丐做得不像，都没人往碗里丢钱，丐帮兄弟得嫌弃咱们。

那斯皱眉愣了下神，霍地站起来，把土黄色棉袄脱下翻过来重又穿上，灰不溜丢的羊毛内里一露出来，果然就有了沧桑落魄感。

现在像了吗？

像了。

再给店里的小二们打电话，让他们带零钱出来，陆陆续续往碗里丢点儿。

当托儿？

嘿嘿。榜样的力量是无穷的！

春意盎然，风和日丽。

老鲁指挥人搬来了一批砖头，我问做甚，回答说砌鱼池、砌菜园、养鱼、种丝瓜。

城管不会管吗？这光天化日的城市中心。

不会。

为啥？

没见俺天天早晨打扫这整条街吗？连扫三个月了，他们心里没点数？

万一呢？

老鲁停下手中的活计，似是琢磨了一下。忽见他一拍巴掌，说，有了！他们没收的咱们的手绘酒旗还没还给咱们，俺问他们要去！

一小时后，老鲁回来了，带着酒旗，满面春风。

问，咋说的？

没说啥。

继续砌鱼池，砌菜园。

六月初八，晴，炎热。

午后，坐摇椅上看书，昏昏欲睡。

老鲁推我肩膀，递给我蓑衣斗笠，说，整上！

抬眼一看，那厮已穿戴停当。

又递过来一根棍子：走！跟爷钓鱼去！

并排往马路牙子边一蹲，两根棍子伸向马路，不言，不动，任由汗水成溪。

不一会儿，身边就围了一群人，指指点点，嘻笑议论。

干嘛呢这两人？有人问。

钓鱼呢。有人答。

马路上有鱼？

有啊有啊！鲤鱼鳊鱼鲫鱼草鱼大头鱼，品种多着呢。

在哪儿？

那儿，那儿，瞧见没？哟！草鱼被车碾着了呢。

啊？画在地上的呀？

那可不！

真会玩……

5

公园里忽然来了个上了年纪的清瘦先生，早晚都在，站在柳树下吹笛，很有一种玉树临风的感觉。那笛声悠扬，令人心旷神怡。

老鲁听后很受启发，觉得不弄门乐器人生总归不完美。

遂花二百银子，握回一根长笛，每天把大家的耳朵折磨得半死。三五天过后，居然也能成调，有了旋律。大家都很叹服。

某晚十点，老鲁忽然从酒桌边站起，要去公园吹笛子。

刚走进园子，惊闻河边有凄凄凉凉的哭声，走近一看，是个十六七岁的小姑娘，兀自哭得起劲，昏黄的路灯下也能看见其眼睛红肿。一问缘由，说是安徽人，来见网友，被网友骗去全部钱财。

欲带回店里，那小姑娘就是不肯，说要在那儿等着，万一网友良心发现再找来呢？

劝说半天不得要领，只得留与电话，且店里等她到零点。凌晨一点，不见回音，不放心，又跑去公园找一圈，草木寂寂，不见人影，心中不免怅然。

6

中午。

那六鸟连吃带喝八个热菜两个凉菜加两瓶啤酒一扎鲜榨果汁共计消费289元，那老母鸟结账前还喜笑颜开连声说好吃，一看账单顿时晴转急雨云，操着大嗓门直嚷：这么贵呀！太黑了你们！黑店呐！快给我减掉29元，不然去告你们！

我一听大怒，一拍桌子说，老子规规矩矩明码标价，菜价连番下调不说全世界最低最少也对得住过往客人了！生意难做得要死，恨不得喊每个客人做祖宗。告？你告去啊！本爷恭候！

老母鸟骂骂咧咧走后，我顿生凄凉之感：妈的这忍气吞声伺候人的事儿哪是本大爷能干的？都说恨谁就让谁开饭店，老子这是让人恨上了吧？

晚上。

楼上服务员下来了三次，说坐大包厢的鸟们一定让我上去唱首歌，不然今天别想结账。

往门口一站，问哪位爷想听歌？那九只公鸟朝我一望，嬉笑着说我们都想听，小娘子给唱几首？我说赏钱怎生算法？鸟们一愣，说什么赏钱？我说没有赏钱还想听歌？一公鸟说赏酒行不行？我说行！那就白酒，咱俩一人一瓶。公鸟说行啊，喝醉了爷抱你下楼。我说好！回头对旁边不知所措的服务员一吆喝，小二，上两瓶五粮液，我给这位爷助个兴！

小样，还治不了你？占老子便宜呢还想！哪只眼睛看老子像那悲悲切切弱不禁风的金家丫头？老子拎着酒瓶走江湖时你丫还没出生呢！

但谁都不如老鲁的功力。

因交警执法不公乱贴罚单，那厮凭着一部破手机，硬是把交警支队、交警总队、110、市长热线、各大媒体等全整崩溃了，来了六拨人，硬是没有办法自圆其说。

半夜时分，老鲁同学自己玩儿烦了，大手一挥，说，大家回去睡觉吧，什么事儿明天再说！

各路人马作鸟兽散。

7

除夕。

员工分成两拨，厨房一拨，大堂一拨。

年夜饭桌上，掐上了。

先是拼酒。一人一瓶五十六度二锅头，三仰脖子三咕嘟，三杯计一斤白酒，五分钟之内干掉了。

酒劲上得很快。

比狠。

这个说以前我混赌场的，那个说我夜总会看场子的；这个说砍过人，那个说砸过店；这个说我坐过牢，那个说我还当过牢头；这个说三进局子，那个说至今还被网上通缉……合着咱们这店里全是土匪流氓江洋大盗？

一拨冲厨房拿了菜刀，一拨抄上了啤酒瓶。

平时都称兄道弟的两拨人，原来心里都装着不满呢。

“啪啪啪”，众人相继倒地，一个也没落下。

鼾声四起。

初一。

整夜的梦。

赤足走在一条干涸的河床上，天地间满目苍凉。忽听得咆哮之声由远而近，一股洪水汹涌而至，大惊！起脚几步纵到堤坝上，就见洪水滔滔在身边奔驰，即成齐天之势。

晨起问姐，姐说，此乃财运即至，大吉！

姐家晚宴，饭后斗牛牛，赢得银子二百。

果然财运？

初二。

中午客几桌。

大堂员工放假，本大爷扫地拖地擦桌椅端茶倒水上酒菜，不亦乐乎。

下午斗地主，赢得银子一百二。

晚上又斗牛牛，又赢银子二百。

果然财运！

初三。

中午无客，愁。

心情郁郁，又斗地主，果然又赢得银子七十。

又接得订餐电话五个。

喜笑颜开。

明天继续斗牛牛。

8

你说，腻了没?

我答，腻了。

你说，不干了好不?

我答，好。

2011年11月23日

中篇//

一梦江湖远

一梦江湖远

1

1991年夏天，我从工作了一年多的东莞某台资鞋厂辞职，准备乘火车回家。

我和两个做木工的老乡结伴来到广州火车站，一个看行李，两个排队买票。刚进广场，就听到有年轻女子的哭喊："抢劫啊！"一黑衣男子从我左前方急窜而过，闪过几堆坐卧的人群，消失在天桥下拥堵不堪的车水马龙中。

我加入从售票大厅排出来的一条蜿蜒到广场中部的队伍，开始漫长的等待。天气酷热，半天挪不动一步的烦躁，让人心生绝望。售票窗口已被黄牛垄断，交二十块钱，他们就带你到窗口买票，无须排队。我在队伍中苦苦挣扎了近十个小时，被烈日煎烤得汗流浃背，最后仍不得不光顾黄牛。

坐票永远都那么少，检票口一打开，千军万马顿时都杀红了眼，一路狂奔拥向车厢抢占座位；火车似乎总是提前开，人还没上完，车就缓缓开动，也不管门前还有奔跑着往上挤的人、窗外还挂着往里爬的人。

车厢里人满为患，见缝插针，连厕所里面都挤了六七个人。我和老乡靠厕所站着，丝毫不能动弹。车厢里空气污浊、闷热无比，大家很快汗透重衣。沿途车站停靠时皆有挤上车叫卖饮料食物的小贩，但只有极少几个人购买，大家都默默地或坐或站，不吃不喝，不上厕所。火车开动不久，我就靠着过道墙迷迷糊糊睡了过去。

不知过了多久，恍惚间，被一阵骚动惊醒，一个阴沉而恶狠狠的声音压过所有喧哗："不许动，打劫！"睁眼望向声音发起处，只见肩膀挨着肩膀、脑袋贴着脑袋的通道上，自动挤出一条缝，七八个未穿上衣露出满身文身、手持砍刀的恶汉正拿刀指着乘客，挨个洗劫。惊恐的人们在大刀的威胁下哆哆嗦嗦地往外掏着钱，五块十块的纸币、小小的金戒指被一个大块头恶汉一一抢去，胡乱塞进一个黑袋子里，一个小个子歹徒负责搜身，连硬币都不放过，其余五六个挥刀威逼。过道里的人不断拥挤着往后退缩，慢慢竟又退出一条通道来。

我和两个老乡被挤进了厕所，老乡摸出做木工的锋利斧头提在手上，站在厕所门口挡在我前面。劫匪走到厕所门前时，空气好像凝结了，我看不见他们和老乡眼神的对峙，也不知道老乡是何表情。终于，劫匪放过了厕所里的八九个人，往前面车厢走去。列车靠站，劫匪们扬长而去。

经过火车上那惊心动魄的一幕，我终于顺利地回到了家乡。见到离家一年半的我，母亲泣不成声：“妹儿啊，咱们在家种田吧，不受那苦了啊！”我抱抱母亲的肩膀，沉稳地笑笑，什么也不说。

2

那时，南下打工潮正疯狂席卷全国，一个个来自全国各地的“盲流”向广东聚集，工作极其难找自不必说，好不容易找到活儿的，一个月挣不到二百块钱，除去吃喝拉撒、来往车费，一年到头所剩无几。我所在的工厂正常工作时间是早晨七点半到晚上六点半，中饭和晚饭各半小时，除此之外算作加班，加班费每小时五毛钱。我加班最多的一个月，是216个小时，半个月没洗澡洗衣服，身上一股酸臭味，累得上厕所、吃饭、甚至上下楼梯都要倒地睡去。

工厂的生活条件差到不可想象，每个人都活像旧时代的“包身工”。

我住的四层女工宿舍楼，每层按回字形由外向里建有三圈宿舍，里面两圈没有窗户，十来个平方米的房间要住八个人。整幢楼没有厕所，没有浴室，洗澡要从宿舍楼底下一排露天水龙头接水，提水走百多米，经过一幢宿舍楼、一个公共食堂，才能进入一个由红砖水泥砌就的简易洗澡间。洗澡间后窗外，是一排二十来个坑的旱厕，堆积的粪便发出阵阵恶臭。

密不透风的住宿环境，做不完的订单和加不完的班，榨干了身体的每一份精力，大小事故时有发生。有人被打孔机冲穿了手指，有人被皮料机劈开了手掌，有人被裁断机轧碎了腕骨……而我的头发大把脱落，人憔悴得像一具活尸。我觉得自己随时可能会被累死。几个月休息不了一天的残酷现实，迫使我在反复思考后痛下决心辞职，回遥远的家乡休息几天。

二十天后，我重返广东，同行的还有同学阿惠，我们一起加入找工作的盲流大军。

每天早晨，我们从六块钱一个床位的廉价旅馆硬板床上翻身而起，匆匆洗漱一下，即赶往附近工厂问工，傍晚垂头丧气回来。每座工厂紧闭的铁门外，都有成群的像我和阿惠一样的求工者。偶尔，铁门边的门卫室会打开窗户，探出半个脑袋，吆喝一声："招针车熟练工，两个！谁会？"乱哄哄的人群中就会伸出无数只熟练工的手，伴随有熟练年份的应答声。我和阿惠只能黯然撤退。阿惠刚从湖南农村老家南下至广东，除了种田什么都不会，而我不能丢下她独自进厂。

我永远也忘不了那个夜晚。在东莞寮埗镇的一座水库堤上，我和阿惠筋疲力尽地并肩坐在草地上一筹莫展，十几天来的频繁遭拒和烈日暴晒，让我们心中满怀的希望一点一点消散，而弹尽粮绝不期而至。

一整天粒米未进，辘辘饥肠滋生了包天狗胆，我俩决定进入水库边的荔枝园里，偷点果子填腹。

我和阿惠刚刚溜进园内，就听到激烈的狗吠声，紧接着手电晃动、喝骂四起。我们慌忙往外跑，途中有坚硬的果实扫打我的脸，我不顾死活放缓脚步扯下一串，又接着跑。逃出荔枝园，又遇联防队，我和阿惠赶紧掉转方向，往一片繁茂的密林冲去。

两个如花似玉的小姑娘，在月色如水之夜，如丧家之犬般夺路狂奔，最后连滚带爬跌进密林，停在一间废弃的草棚旁。回头张望，发觉身后的追兵并未跟进，这才喘匀了一口气。

就着月光打量四周，发现这是一片香蕉园，刚刚挂果，尚无人看管。我们不敢进入漆黑的草棚，就扯了把茅草垫坐在棚外的泥地上，珍数捋到的荔枝，仅有五颗，我跟阿惠推让良久，最后一人两颗半，细嚼慢咽万分珍惜地吃下了这一天唯一的食物。

我们在这香蕉园里熬过了三个夜晚。

那时的广东，经常可见当地联防队员提着警棍木棒巡查，遇“三无”人员就随意抓捕，夜晚尤甚。所抓人员一律关进收容所，有门路的可拿钱赎人，无老乡亲友的先就那么关着，然后被送往某地干重活，最后遣返回原籍。进去的人不被当人看，挨拳打脚踢是常事，根本无处讲理，生命贱如草芥。这一景象在2003年后才得以改观。

那三天里，我跟阿惠摘过香蕉，发现根本没有肉，只长了外壳，没法吃；偷摘过龙眼；还在收摊后的农贸市场捡过被丢弃的水果。我们饿得头晕眼花，最后连脚都抬不动了。第三天傍晚，实在饿得不行了，我在街边一个小排档讨要了两碗白饭，递给阿惠一碗，把自己这一碗和着眼泪狼吞虎咽吃下。

第四天，否极泰来，我应聘某鞋厂厂长助理之职，竟当场录用，阿惠亦随之进厂。

3

1994年元旦，我和相恋了一年半的广东小伙儿小黄结婚，阿惠和另两个朋友永和、方芬，代表我的娘家人出席了婚礼。

在广东龙门南昆山下的一家小旅馆里，三个朋友为我披上了嫁衣。当年四月，因连续多日加班、高强度工作，我昏倒在车间里，腹中三月胎儿逝去。

六月，我和小黄双双辞职离开广东，赴江苏南通，跟经商的姐姐、姐夫学做生意。

我们承包过商场里的柜台，开过日杂店，两年后又离开南通到常熟做起小家电批发生意。那几年的生活开始虽也颠沛流离，但随着两个女儿的相继出生，我们的四口之家也在漂泊中逐渐安定下来。

厄运的再次降临是在1998年下半年，小黄患上恶性脑肿瘤。无奈之下，我们关门闭店，离开打拼了四年的江苏，回广东求医。两年后，小黄不治而逝，我在南国七月的炎炎烈日下，亲手将他埋葬。

小黄去世时，大女儿五岁、小女儿三岁，我们的家庭一贫如洗。

4

我时常陷入同一个梦境。

至今清楚地记得，那个梦第一次出现的时间，是1993年4月30日，我跟小黄相恋不久。

梦境非常清晰：夜晚的房间月光惨白，背光的床边站着一个男人，虽看不清眉目唇齿，却只觉对我一味地笑，那笑，穷词难表。我全身不能动弹，惊悸、仓皇、深入骨髓的恐惧……漫长的挣扎过后，我醒来，呼吸急促，浑身大汗淋漓。

小黄去世后，那个梦来得极为频繁，有时，白天打个小盹儿，也会掉入梦境。在梦的迷雾里，万物扭曲变形，人影恍若鬼魅，我在惊骇中挣扎，身不能动，口不能言。离散与疼痛、贫穷和焦虑、惊愕并无助、现实跟梦境反复交替，如泥泞中行走，似荆棘中裹足。噩梦既怪诞乖戾，又执着顽强，它占领我的夜晚，随时上演惊悚片段。

我是两个孩子的母亲，现实的压力不容我在哀伤中长眠不起，甚至不能有丝毫松懈。叫卖报纸，贩卖碟片，端盘子，当店员，摆露天点歌机，支夜市摊卖拖鞋、发夹、水杯、钱包等鸡零狗碎……小黄的离世颠覆了我的世界，我的生活跌入了日夜不分的忙碌奔波。

2002年，我受聘于一家连锁超市，半年后出任某一门店店长，两年后获此门店百分之十股份，凭此股份咸鱼翻身：清除债务、微积存款、购置房舍——我与两个女儿终于在漂泊多年之后有了安身之处。

之后，开服装店、办培训机构、开酒水供配公司、买股票、炒基金、买期货、赌六合彩……生活忽然变得五光十色精彩纷呈，我在忙碌中自满，在如水一般流进流出的钱财面前自负，每日的奔忙几乎掩盖疼痛的过往。

可是，那个梦不肯放过我，它日夜追赶、跟随着我，如蛆附骨，如影随形。

5

2007年，我去西藏。

无数个清晨和黄昏，面对那一座座灵塔、一尊尊佛像、一幅幅壁画，我惊讶、赞叹；走过那一面面宫墙、一道道回廊、一间间圣殿，我漫步、驻足。

我匍匐在大昭寺广场磕起连绵的长头，祈求诸佛给我安宁；我仰望风起云涌的群峰，漫天飞雪瞬间把来时的足迹覆盖；我谛听沉默的藏人一钎钎在石头上凿下真言的锵锵声音；我轻嗅羊卓雍措旁灵动的草木散发出的缕缕幽香；我坐在珠峰大本营痛哭，感怀空明上苍让我乍懂磅礴和渺小；我站在雪域高原辽阔的大地上垂泪，检省半世漂泊使我尝到的安好和残殇。那已挥手作别的过往，占驻了太多记忆、耗费了太多心神，烦扰了难脱尘俗的我。

在西藏，我结识了欧阳——一头刚刚徒步穿越所谓“麦克马洪线”回到拉萨的野驴，一匹僧俗莫辨游走三界的野马，一个衣衫褴褛风尘仆仆又融于天地的浪人。我们一见如故。

我们促膝长谈。欧阳耐心地听我倾诉我的过往，我黑暗中的迷航，我的恐惧、焦虑、忧伤和疼痛；我听欧阳讲他的藏地佛缘和苦行僧般的日子。我们犹如大难不死的失散亲人，在相互的慈悲和情怀里把自己从往事的泥淖中打捞出来，获得重新投身俗世生活的力量。

拉萨晤面之后，我回无锡，欧阳则继续西行。我们在网络上文字交流，他竟夸我字里行间广存赤忱，使我大受鼓舞。

6

2008年，我在网络上结识了老道。彼时，这个通书画、晓金石、诗酒放达的山东汉子正浪荡于赣中。我们借着电脑屏幕在网上酣聊数日，彼此引为知己。第二年，他从无锡过路，二人会面，臭味相投，竟相约创立饮食乌托邦——一个叫“隋唐演义”的饭庄应运而生。

似我和老道这等人，江湖心性虚举，经营头脑实衰。饭庄两年后即告关张。两人痛喝一顿分别酒，抱拳拱手，互道珍重。

梦断江湖，重归宁静——

在痛定思痛的一个午后，和着暧昧的阳光，我自省身上的神经病气质，忽觉空明通透，即掷盏于案，豪气干云，心中一呼：我要踏足诗坛！似我这般魂灵常自出窍的患者，不作诗，天地不容！

我开始不分白天黑夜伏于案牍。而这偶然驾到的兴趣亮如闪电，劈开了多年颠沛流离的生活，树起一面鲜艳的旗帜，引无数侠者豪客纷纷结缘。

作家野夫笔下的“酷哥”李斯、蒙城名士张沛（已故）、江湖掌柜明华、旅游达人雨田、奇女子石头、刎颈之交周奕、常德书友会会长妖妖及众书友……这些奇人异士纷纷挤进我的诗生活，在我的诗篇里留下一道道豪情万丈的剪影。

因诗结缘，遂遍访诗友。从江南驾车到哈尔滨、穿兴安岭、过呼伦贝尔、到满洲里……我看到八月的草原苍茫辽阔，成群的牛羊在天边徘徊，与阳光嬉戏、跟白云为伴；我坐在深夜的蒙古包外听马头琴暗哑，善良的牧羊大婶为我披一件羊毛大褂；清冽的达赉湖畔，蒙古姑娘花丽跟我纳头结拜，她慈祥的双亲拉着我的手喊我闺女，亲手为我戴上一串玉项链。

7

从被生活追赶着东奔西颠，变成追着诗歌南征北战，命运到底是厚待于我。我常坐在晚风中听一双女儿弹琴唱歌，渐渐沉入太湖的夕阳斜斜地透进我们的小家，落在厨房里为我煮汤的小刘哥哥身上。这个小我六岁、等我九年的宽厚男人，在我疏狂的人生旅途上，坚定地走进了我的生活。他疼我、爱我、包容我，珍惜我爱的一切。他从不试图侵入我的内心世界，只在我的身旁守护我，替我遮风挡雨。他和那些忠肝义胆的江湖朋友一道，欣赏我、影响我、激励我、鞭策我，他们丰沛了我时而壮丽、时而清越的人生。

华北四月的普彤寺里，我在观音堂前的梧桐树下埋首深谢光阴命运，深谢离我远去的连绵噩梦。我终于从对命运的质疑声里醒来，对埋伏在各个角落的每一点惊喜顶礼感恩。

2013年9月11日

父亲

夏天时，姐姐说，今年要给父亲过八十大寿。

十年前，父亲七十大寿时，我们兄弟姐妹五个都回到老家，给父亲过了个热热闹闹的生日。我们搭了戏台请了戏班子，偏院里架起大灶备了宴席，亲朋乡邻看戏喝酒，锣鼓唢呐热闹了整个乡村。寡言少语的父亲忙进忙出，清瘦的脸上是满足的笑容。

那时，父亲还在完善庭院建设。庭院由一栋三层小洋楼、一间平顶茶室、一间独立厨房、一群充当柴房鸡舍猪圈火塘的小瓦房和一大一小两个院子组成，由父亲亲自设计并带领泥瓦工木工油漆工，用时三年完成。三年的工程，似乎耗尽了父亲全部的气力。七十大寿的寿宴上，面对亲友们的祝福，父亲答谢的声音轻轻的，那不足一百二十斤的身子，也微驼了。

父亲生日过后，我们如候鸟，飞往各自的远方，而父亲和母亲还在给阔大的庭院配景观、植花木，努力为子女们打造一个完美的幸福之所：从院子前的池塘里打起立柱，与院子相连成宽阔的观景台；院子左侧的竹林铺一条碎石小径，取代之前的小土路通往果林；右侧院门到县道约五十米的土路用水泥硬化，两旁种上玉兰树和大丽花；院墙用红砖砌就，墙角栽上藤蔓；一级级石阶从院角伸向池塘码头……

除了同样年迈的母亲，父亲没有更多的帮手。父亲很快就挑不起背不动了。一辆小手推车被拉回家，成了父亲的亲密战友。父亲早出晚归，如愚公移山，一点一点地进行着浩大繁琐的庭院建设。

父亲再次离开故乡到江南我和姐姐客居的城市，是七十岁生日过后的第三年，在庭院完成了所有细枝末节的整理工程之后，距上一次漫步太湖边，已整整过去了六个年头。父亲变化很大，总是一副小心、拘谨、生怕做错事的样子。我和姐姐问母亲怎么回事，母亲说，父亲的记忆力出了问题，经常找不到卫生间。

我们情知不妙，带父亲去医院检查，果然是失忆症。正准备住院治疗，传来姑姑去世的消息，大家匆匆赶回老家奔丧，错过了给父亲治病。而父亲这一回去，再也没有来过江南。

后来回家，挽着已认不出亲人的父亲在花木环抱的庭院里散步，看太阳从池塘对面的香樟树梢升起，听鸟雀在果林鸣唱，就觉得不可思议：需要怎样的智慧和毅力，父亲和母亲才能完成眼前这美如画卷的工程？父亲没有上过学，他是从哪里学会的设计？他周身透出的书卷气，除了遗传自我那未曾谋面的爷爷，还有没有什么际遇所致？

我的爷爷，据说是个知书达礼能言善辩的人，按旧时标准，也许可算作乡绅。新政权成立之前，他被乡邻推举为新保长，以接替故去的老保长。新官上任，除了动用自家田产赔付丧命在战场上的乡里壮丁，他似乎什么也没有做，以致在新政权的监牢里待了六年之后，竟以肺痨之名而得假释回家，保全了性命。

我没有见过家乡这最后一任保长，他于20世纪60年代初死于饥饿和肺痨，十年后我才出生。出于好奇，我成年后问过父亲有关爷爷的生平，但父亲并不愿多说，只一鳞半爪地透露过爷爷是个读书人，曾藏有不少古籍旧书，后尽毁于“文革”，仅幸存下一套基本完整的武英本《康熙字典》，隐隐散发出乡村难得的书香。每年深秋，挑一个晴朗的日子，父亲会在房檐下支一块门板，把这几十本书摊开，晒一晒，翻一翻，然后再收起，放入书橱。淡淡的墨香弥漫在农家小院里，似乎也经久不衰。可惜，父亲生病后记忆力、智力均锐减，这一套书籍被人以一百元人民币哄走，那会儿，母亲正好去了菜园。

父亲一生寡言少语，这应该与爷爷有关。

爷爷入狱时，父亲年仅十二岁。十二岁的孩子，被迫挑起家庭的重担，与小脚奶奶相依为命。能识文断字的奶奶，育有父亲和三个姑姑，最小的姑姑也年长父亲五岁。战乱年代，姑姑们相继出嫁，各自都有苦不堪言的生活，无力帮衬苦难的娘家。而奶奶的娘家，原本是个旺族，据说尽殁于日军入侵常德后的细菌战中。

年幼无援的父亲，就这样步入成年。犁田，人还没有犁高；板稻谷，拖不动板桶；洪涝季节半夜查看稻田，走在黑灯瞎火的田埂上，会瑟瑟发抖。

农闲季节，父亲会和村子里的成年男人一样，去县城码头当挑夫。县城离家二十余公里，每天须不等天亮出门、天黑很久后才回到家。早晨，奶奶做好饭团送父亲到村口老柳树下；晚上，举着煤油灯在老柳树下等父亲——我想，是那如豆灯光，在父亲心里洒下了温暖和希望的种子。

患病前的父亲善良、温和、聪明、热心，一生都乐于助人，十里八村没有不知道父亲善名的。父亲能干，除了农活样样拿手，还会会计，口算奇快，又能左右手打算盘；父亲还是石匠，会测会量会算；父亲还写得一手好字。父亲没有进过学堂，但如何成了远近有名的乡村读书人，我不得而知，问父亲，父亲只是笑笑。

我们兄弟姐妹五个，在农村算是晓事理的，这多少与父亲的言传身教有关。三年前，父亲不再认得他的妻儿，却一直能捧书识字。院墙边枝繁叶茂的桂树下，石桌子上总会摆上书，父亲到此，会下意识地拿起来，读一读封面，再翻翻，抚摸那些不会言语的文字，眼神里有庄严，有慎重，有亲切，有迷惑，有怅然若失。父亲，始终不曾褪去一个乡村读书人的底色。

父亲患病，从找不到家里的卫生间，到失去吞咽功能，用了六年时间。六年，从院门到县道的那五十米距离，玉兰树和大丽花已簇拥成道；茶室落地玻璃窗外的芭蕉树浓密成林；院墙上的爬藤植物四季绿绿苍苍。

而对于人生来说，六年是多长的一段时光？是一个学生初中三年高中三年从懵懂少年到青春勃发，是一个年轻人初历职场到成为中坚力量，是一对有缘人从恋爱、结婚、生子到孩子会打酱油，是一个写作者哪怕一天只码两百字也能完成四十万字的长篇巨著。

无从得知父亲这六年的心路历程，从他偶尔嘟哝三两句往事，偶尔对乡邻问一句好，就能确信他的记忆频道也有打开的时候，只是，那样的闪光时间太少、太短暂，以致来不及实时记录。

这六年，最辛苦的是母亲。吃喝拉撒睡，母亲一天二十四小时都用来照顾父亲，没有一个白天是悠然自得的，没有一个夜晚是高枕无忧的。母亲的满头青丝熬成了萧萧白发。

母亲比父亲小三岁，也已七十七岁高龄。三年前，母亲摔断了股骨，手术置换人造股骨头住院一月半，父亲就在自家院子里日夜找母亲。父亲并不知道他要找的人跟他是什么关系，有时，他也跟我们一起喊妈，但他知道那是他生命中最重要的人。

母亲是外公外婆的宝幺子，兄妹五个，上面是四个哥哥。母亲从小被宠得不像话，十来岁了还是外公背着上下学。

母亲十六岁时，嫁给指腹为婚的李姓人家当儿媳，婆婆是个极凶悍的人。那年冬天，大舅随最后一批部队从朝鲜战场撤回来后，回家省亲，看到他娇生惯养的妹妹身怀六甲跪在码头上洗衣服，大怒，当即把母亲领回了娘家，不久，大姐出生在外婆家。

大姐两岁时，父亲娶了母亲。父亲对大姐好，比亲生的儿女都好，我到三十多岁时才知道大姐跟我们兄妹四个不是一个爹的。也因此，母亲对父亲一直心存感激。

奶奶病逝于七十六岁，去世之前，瘫痪在床五年，一直是母亲端屎接尿，尽心尽力照顾周全。父亲是个非常内敛的人，偶尔谈及母亲的付出，也会红眼眶。

母亲的行为，受影响最深刻的是三姐。我们兄弟姐妹五个，三姐是最顽劣、也是最孝顺的。第一个给父亲喂饭的是三姐，第一个给父亲洗脚的是三姐，第一个给父亲擦身子、洗澡的也是三姐。三姐看父亲的眼神，是充满了慈爱的。只要父亲的病情有一点点变化，三姐必定星夜赶回父母身边。我不喜欢三姐的刀子嘴，却不能不爱她的豆腐心。

父亲在生病后的第四年冬天，病危过一次，住院治疗三周后病愈回家，身体机能已有了明显衰退。三姐下定决心，从浙江请了师傅，拉了十六吨石材，修建了一座浙式墓园——十年前，父亲去温州姐姐姐夫家时，看到当地的墓地，流露过喜欢之情。

但我们没有做好父亲离开的准备。我们一直以为，还有长长久久的时间，供我们减轻没有好好陪伴双亲的愧疚，还有很多给父亲洗澡，给父亲喂饭，给父亲念书，搀着父亲在庭院散步的时光。

但时间最是残酷无情。

九月，父亲病重，十月病危，十月底，父亲熬尽了最后一丝气力，撒手人寰。父亲没有再给子女为他祝寿的机会。

父亲的葬礼办得热闹，从镇子入口到老家，四公里的县道两边，都是亲友乡邻表达哀悼的蓝白拱门，一个挨着一个，连绵不绝，花圈堆积如山。出殡时，送葬人群蜿蜒几里，附近乡邻皆来送父亲最后一程。“平头老百姓从来无人有过这样的哀荣。”见多识广的老法师说，“做人做得好啊！”

父亲名字里有个“桂”字，母亲名字里有个“菊”字。前几年，我们在墓地周围种下的桂树已成林，菊花还未开败，安息于此，父亲该是欢喜的。

家乡有座“仙峰山”，以前有庙宇僧众，后尽毁。2007年，应乡邻意愿，由父亲领头，兴土木，修寺庙，搭戏台；2008年元月，佛法僧三宝重临仙峰山。2015年，寺庙毁于燃放鞭炮引起的山火；后重建，据说因资金不足，重建后的寺庙已大不如2008年的规模与气象。

父亲走后的第三天，按家乡风俗，我们兄妹五个带领晚辈前往“仙峰山”寺庙“辞孝”[1]。

车停山脚，一条土路去往山顶，路两旁野花开得旺盛。及至寺前，推开庙门，空空如也的大殿里一片寂静，四块石刻功德碑立在左壁，父亲的名字排在榜首，无声地宣示着父亲曾经的威望。

站在寺前四望，山下阡陌纵横，鸡犬之声相闻；山腰戏台柴草高堆，昔日热闹的景象已一去不复返。

秋风瑟瑟，寒意顿生。信手敲响锈迹斑斑的铁钟，钟声沉闷，如昔日勇士的背影，渐渐远去……

写于农历丁酉年十一月十六日，父亲八十岁冥诞

① 辞去孝衫孝帽，原本重孝在身的孝子孝女孝孙便可出门正常工作生活了。

先生

1

先生姓余，瘸腿，教我们语文。那时我读初中。先生年届五十，仍单身。单身与腿瘸有关，腿瘸与“文革”有关。

先生有一叔叔，起先在台湾，后又定居香港。先生与叔叔未曾谋面，但这个理由不能保全先生的腿。

先生总是背着手拐进教室，书藏在袖管里，上衣口袋里装满粉笔。先生一年四季不变的黑衣服总是点缀着粉笔的灰白印迹。

先生在讲台上很少看教材，全靠背诵。有段时间，我对先生课堂上的信马由缰口若悬河心存疑虑，认为他有误人子弟之嫌，所以听课极不专心。当他背过身在黑板上写字时，我就抓紧时间从座位上跳起来，学他走路，那一瘸一拐的样子，惹得满堂哄笑。

某天，全县中学初中部联合举行作文大赛，每所学校派一名代表参加。当先生口中溜出我的名字时，我顿时目瞪口呆——风萧萧兮易水寒啊！

我的轻师蔑教终于让自己成了一个大大的笑话：我的参赛作文狗屁不通、文不对题，垫底都是抬举我！

先生还适时向我严厉的父亲告了一状，列举种种劣迹，直说得我如惊弓之鸟，气得父亲暴跳如雷！

我发誓要雪耻！

我的决心渐渐有了效果：我开始认真听先生的课了，我的作文语句也慢慢变通顺了，先生看我时眉头不再紧锁，目光也没有那么凌厉了。

我终于去了一回先生的宿舍，因为先生病了。

我跟着班长和语文科代表到先生宿舍时，先生正腹痛如绞，在床上打滚。灶上的铁锅里，煮着一锅颜色莫名、气味可疑的东西，先生一贯奉行的菜饭混合、高温消毒的饮食原则，终于土崩瓦解。

先生被送去医院，我留下打扫卫生，那混乱至极的状况堪称举世无双。但宿舍里有一样东西却引起了我的注意，那就是书！

床上、地下、柜中、角落里……每个地方都是胡乱塞挤的书，其书目之杂、品种之繁，让少年的我瞠目结舌。

之后的日子，我总是找各种理由去借书。后来，先生干脆给了我一把房门钥匙。

初中毕业之后，我到县城念高中，之后任由命运安排流落异乡打工恋爱结婚生子，与故乡渐行渐远，只在家书中偶然得知一星半点的故乡人事。听说先生到底结了婚，有了一个儿子，儿子十分顽劣，先生为其伤透了脑筋。

而我的梦境里，时常浮现出这样一个画面：青青校园里，我如魂一样地游荡，偶尔见到先生静坐一隅，手中捧着一本破旧的书。

2

先夫生病过世后，我回故居小住疗伤，听母亲说起了久未联系的先生。母亲说，先生在得知我的家庭变故后来过家中一趟，带了几本书，托母亲交给我，并叮嘱母亲，我如果回来，一定要告诉他，他想跟我谈谈。我并未遵从先生的嘱咐与之晤面，只认真地看了他送给我的书，那是《悲惨世界》《飘》和《边城》。

再次见到先生，是在五年前的冬天，我回故乡看望年迈的双亲。

雪夜，我和父母围坐在火塘前烤火，聊着邻里乡亲间一些鸡毛蒜皮的琐事。母亲忽然起身，去房间里提来一个布袋，说是几月前先生送来的，让母亲转交给我。我打开布袋，里面有五本书、三个牛皮笔记本和一封信。那些书是《聆听宇宙的歌唱》《红高粱家族》《听钱锺书讲文学》《人生至理的追寻》《东方学术概观》。先生在信中说，谢谢我看重师生情义，几次去家里探望，皆因他在外地而未能相见，深表遗憾；他希望我能脚踏实地，多看书，勤做事，慎为人，不负一腔热血……

我决定去看望先生。

次日天晴，积雪在阳光下闪着耀眼光芒，水泥路面上的雪开始融化，淌出一道道清澈的溪线。我备了一点果蔬，驱车去镇上先生家。

先生的家在镇子南端，是近些年镇区扩大后沿县道修建的一溜商住宅混合体中的一间，店面不宽，但很深，隔出前后两部分，前面做生意，后面住人。先生的儿子已长大成人，开了爿建材店，生意蛮红火。先生从住了几十年的农村旧屋搬来跟儿子一起住，帮衬着看看店铺算算账。

我把车停在路边，走进了先生家敞开的店铺。

店里没有人，只有码放整齐的一箱箱瓷砖和一包包水泥。灰白的墙壁上，用粉笔、铅笔、油笔写满了杂乱无章的数字和文字。仔细辨认，有一些是算式，大概是些多少平方米房子要多少水泥多少瓷砖，以及材料的价钱；还有一些赊借东西的日期和内容，比如谁家哪天拿走了几包水泥几包仿古砖。最奇的是中间还夹有一些龙飞凤舞的草书，根本认不出写的是什么。

我喊了几声，不见有人答应，便径直往里走。走到暗沉的里屋时，再喊一声："有人吗？"便听到一声："哪个？"定睛一看，右边有个木板隔出的小屋，从敞开的门里可以看到里面乱哄哄的物什，靠墙一张床上坐起一个老人，可不就是二十多年未见的先生！

先生竟然一眼就认出了我，急忙从满床杂七杂八的被子衣物里爬出来，边披棉袄下床边问我什么时候回来的。我笑着指指先生乱糟糟的屋子，说："先生您怎么还这么不讲究啊！"先生乐呵呵地说："习惯了，一整洁就找不到东西，被你师娘骂多少回了，怎么也改不了，就这样啦。"

先生一边和我说话一边往外走，要把我往旁边的饭馆让。我急忙拦住，说我才吃了午饭出来，实在不饿。先生哪里肯听，一个劲儿大声喊着，让饭馆老板烧菜温酒，他要请他的学生吃饭。我拗不过先生，只好随先生进到小饭馆，围着一个火炉坐下喝茶聊天。

店家很快端上来一锅腊肉炖笋干、一钵牛肉炖土豆，外加一碗蔬菜。先生不喝酒也咬不动肉，仅就着一壶茶和我谈古论今。

先生年近八十了，头发掉光，牙齿全无，说话微微有点含糊，但思维仍然敏捷，记忆力更是惊人地好。说起当前时事，先生观点务实，立场鲜明，既感慨频频曝光于媒体的各种社会乱象，却也不过分偏激。先生说，这几十年，他见到的世界真的是向着他希望的方向走，其中出现了一些问题，是可以理解的，他叮嘱我不要把时间精力浪费在愤世嫉俗上，多做一些有实际意义的事。

谈到学生时代我的那些同学们，先生如数家珍，谁是什么性格大概适合从事什么样的职业，分析得头头是道。当我跟他说起当前文坛崛起的新生力量时，先生竟是一点都不陌生，更让我敬服的是，我谈及的那些作家作品，他也基本都读过，而且印象比我深刻得多。

黄昏的时候，天空又飘起大雪。我起身向先生告别，先生站在房檐下频频朝我挥手，我在汽车的后视镜里，看着先生清瘦的身影渐渐消失在漫天飞雪中。

3

最后一次见先生，是去年春节。

听闻先生重病卧床已有一段时日，我备了一点水果，前去探望。

先生坐在轮椅上，对着一盆炭火打瞌睡，口水和着鼻涕淌过脖下围着的毛巾，流到了深灰色棉袄上；裤腿挽至膝盖，一双瘦骨嶙峋的腿上，有一块块破损的皮肤，有的撒上了艾草灰，有的沁出了血水。惊问何故，师娘告知这是“天疱疮”，医院治不了，只好用土方。

我在先生身边的矮椅上坐下。师娘边摇醒先生边对我说，先生已经糊涂了，多数时间不认识人，医生说挨不过春天了。

先生醒来，用混浊的眼神看一眼师娘，神情茫然，似乎没有睡醒。师娘指一指我说："你学生来看你了。"

先生扭头看着我，忽然咧嘴一笑，口齿不清地说："哎呀，是立君来了呀！几时回来的？你父亲好些了吗？"

先生一边说话，一边用手去扯脖下的毛巾，又挣扎着想站起来。师娘忙按住他的手说："你别动别动，别一下又擦破了别的地方的皮肤。"

先生安静下来，看了看我，忽又吩咐师娘安排饭菜，说要请我吃饭。我握住先生的手，告诉他我刚吃过饭，就是来看看他。

先生的手冰凉冰凉的，几乎感觉不到温度，脉搏微弱，似乎已无一丝气力。我明白，先生的生命已接近尾声了。

先生任由我握着手，轻声问了问我父亲的病情，说他恐怕要走在我父亲的前头了。

"都老了，要走了。"先生说完又笑了一下，手从我手中挣脱出来，放在膝盖上，盯着炭火看了一会儿，又合上眼打起了瞌睡。

我坐了会儿，起身跟师娘告辞。

不久，传来先生病逝的消息。那时，我正陷入一场无妄的官司，没能赶回故乡送先生最后一程。

后来得知，先生临终前，曾托师娘转告我四个字：谨言、慎行。

2018年8月4日

敏儿

1

客栈有个梦一样的名字：听雨轩。

站在二楼的阳台上，可以看见河水顺着客栈的石质墙脚缓缓流淌，河里偶有乌篷船摇过，粼粼的波光在黄昏的风中摇曳，映在木格子窗棂上。

敏儿，这是你来过的地方，是你歌唱过、吟咏过的地方。也是在这样繁花似锦的季节，也是在这样温暖的夕阳下，你轻盈的脚步走过青石板的小巷，白茫茫的桐花在你身后落下，飘飘洒洒，一天一地。

此刻，我就在双桥边的梧桐树下，桐花正在盛开，偶有几朵落在水里，随水漂向远方。已是黄昏，熙熙攘攘的小镇正归于宁静，临河的酒肆客栈亮起了一盏盏红灯笼。风起了，吹在身上，淡淡的带着桐花香。敏儿，那是你的味道。

我想你了，敏儿……

我想你歌唱时的婉转、舞动时的妩媚；我一遍一遍翻看你的照片，想说服自己，你还活着，还扮着各种表情，在相机前冲我叫喊；我一条一条阅读你的短信，努力去相信，电话那头仍会传来你温软的笑声。可是，浮现在眼前的，依然只有你最后的容颜。你睡去了，安静、平和，没有喜、没有悲，只是那么静静地睡去了。

你走了。

可是，敏儿，无锡的花开了。先是梅园的梅花，再是阳山的桃花和龙寺的梨花，然后是漫山遍野的油菜花，密密匝匝层层叠叠竞相开放。太湖边的樱花从三月底开花，一直不肯凋谢，直到昨天，走在樱花树下，还依然被浓浓的花香包裹着。

你说过，这个四月，要来无锡看花。花儿们如约开放了，而你，敏儿，你在哪儿啊？

2

还记得那条裙子吗？黑白格子，长及脚踝。

敏儿，那是你送我的。

那时候，你在市区读师范，我在县里上高中。暑假时，你带回两条的确良格子裙，你一条，我一条。

你家到我家大约二里地，途经一片小树林，然后是一段长长的渠堤。那个暑假的无数个黄昏，我和你穿着一模一样的格子长裙，从各自的家中出发，在堤上相遇，然后手牵着手来来回回在堤上走啊走，直到天黑才顶着星星各自回家。

堤上总有清凉的风掠过你我的裙裾，渠里总有清澈的水照见你我同样的飘飞长发。我穿过无数条裙子，可只有那一条格子裙，在我今生的记忆里定格。

那一年，我们十六七岁。十六七岁的我们相约，要这样牵手一生一世，永不背弃。

敏儿，那条水渠还在咱们两家之间流淌，那条格子裙还在箱底保管着我们青春的秘密，而我伸向风中的手却再也抓不到你的影子！敏儿，你去了哪里啊？

敏儿，周庄的小街依然是你来时的模样，小街两边的店铺依然摆放着你喜欢的印花小衫、幸运草娃娃、绣花鞋，还有那一把一把小油纸伞；临河的客栈里，那个小小的酒吧还在，斑驳的墙上，还挂着那些叮叮当当的酒瓶儿和那个蒙了灰尘的牛头骨。

敏儿，你站在梧桐树下仰起的笑脸，昨夜又回到了我的梦里。那一刻，桐花盛开，漫天霞光。

3

这是你走后的第二十七天，敏儿。

家乡传说，人过世后的三十五天里，亡灵还在老家屋子附近徘徊，在生前所生活过的地方做最后的停留，这段时间叫“五七”。“五七”之内，老家屋里的亲人吃早餐晚饭前，要将筷子摆在盛好饭的饭碗上，屋里点上油灯或蜡烛，先请亡灵来吃饭，叫“下饭”。“五七”过后，亡灵离去，自此阴阳完全阻隔，相见只能在梦中了。

我把电话打给老家你的母亲时，碰巧老人家正在下饭。她把电话放在桌子边，我听见她带着哭腔的声音在空旷的屋子里盘旋：“敏儿，来吃饭吧！我和你的好朋友都在呐，你来吃吧！吃了好上路呐！等娘死了，就到阴间给你做饭吃……”电话这头，我又一次潸然泪下。

敏儿，如果你的灵魂还在故乡，此刻，会飘在何处呢？是在开满杜鹃花的山梁上，是在游荡着小鱼小虾的池塘边，还是到了我们念书的小学，在那间小小的、有一架风琴的办公室里，怀想当年我们一起学过的歌谣？

我们相逢在小学四年级的教室里。那年，你十岁，我十一岁。你随在外地教书的母亲调回故乡，插到我们班上。

你那么安静清秀，全身上下干干净净一尘不染，瞪着一双黑白分明的大眼睛，洋娃娃一般站在一群土里土气的脏孩子面前。大家看着你，都不敢出声，活像怕惊醒了你眼中的梦。你也安安静静地看着大家，窗外叽叽喳喳唱歌的鸟儿，是那个场景里唯一的声音。

多年以后，我们回忆起那天，你总是笑我土匪一样地打破了那分宁静：“喂，小姑娘，你以后就跟我玩！”

只因这一句话，我们成了最好的伙伴。

我家就住在学校旁边，每当周末你跟母亲从家里回到学校，你都会悄悄溜进那间有风琴的办公室，弹三次哆唻咪发，我就知道你来了。

我从家里飞奔到学校后墙边，隔着窗子递给你一把野山枣或者茶苞，你会塞给我一粒糖或者一把瓜子，然后相视一笑，欢天喜地分开。你继续看书做作业，我去放牛割猪草。

没过多久，你母亲发现了我们的秘密，让我们一起学风琴。你认认真真学，不久就能一边弹一边唱歌，美好得都不真实了；而我没学几天，就满山野疯跑着去玩儿了。

后来，你还教过我口琴、吉他、钢琴，我都是学几天就放弃，没有耐性学会其中的任何一样。而我带着你满山捡菌子，辨认能吃的果子，为你披荆斩棘，让你安安全全地采到杜鹃、挖到兰草。

还记得你第一次给我画眉、描眼线吗？就在那个秋天的傍晚，镇中学宿舍楼的楼顶上。

那时候，你刚刚从师范毕业，学校安排你教语文和数学，而你却坚持要教英语和音乐。师范并不开设英语课，我至今仍不明白你的初中英语水平为啥就敢去教初中英语，并且还能教得好评如潮。

我们坐在楼顶水塔边的石阶上，你哼着英文歌先给我画眉，然后拨拉着我的眼皮给我描眼线。新买的黑色眼线笔根本不听你的使唤，一会儿描偏了描在眼皮上，一会儿戳深了疼得我眼泪汪汪。等到你歌声戛然而止，说一声大功告成，我拿过镜子一看，你竟然把我弄成了一只顶着两条毛毛虫的大熊猫！

当晚，你煮了一锅面，放了半锅辣椒，吃饭时才发现只有一双筷子一个碗，索性就不用碗了。我端着那锅面，你拎着吉他，又回到楼顶上。面辣得张不开嘴，我们围着锅，轮流吃几口面，张开嘴做几次深呼吸，你再弹一段吉他，然后再轮流吃几口面，再弹一段吉他。那一锅面吃完，星星已挂满夜空。

我们背靠着背唱歌，你教我唱蔡琴的《被遗忘的时光》，那轻柔的歌声，飘洒在初秋的晚风里，留在了时光深处。

……

敏儿，又到吃晚饭的时候了。家乡的老屋里，你白发苍苍的母亲做了你最爱吃的辣椒小炒肉。敏儿，“五七”过后，你会去哪里呢？你去的地方，会有你喜欢的小炒肉吗？

4

家人说，你的坟头已长满青草，细细嫩嫩的绿，倒映在坟前的池塘里，连绵着周边的竹影，静静地守护着那片墓园。

今天是你走后的第三十五天，敏儿。自此以后，你的灵魂不再在家乡盘桓，也许将会去往你曾魂牵梦萦的远方。你曾经多么期待远方啊！

第一次逃离，是1991年。那时候，我已在广东一家小工厂里打工，你在家乡的中学教书。

你在初夏的一个黄昏找到我，穿一身雪白的衣裤，背一个小小的包。你拉着我的手兴奋地叫嚷，告诉我你离校出走了！你自由了！你要留在远方！

我不问缘由。

我和你之间不问八卦、没有是非，有的只是理解和接纳。只需要牵着你的手，找一家小小的饭店，庆祝我们的异地重逢。

我带你回我的宿舍，把你安顿在我的单人床上。白天我上班时，你就在宿舍睡觉看书；晚上，我们挤在小小的床上天南海北神侃瞎聊，未来在我们的憧憬里灿烂辉煌。

你并不肯进我所在的工厂，你说你要在一个完全陌生的环境里开始新生活开创新天地。

后来我时常想，若你当时真的留在了南方，你的人生会闪烁怎样的华彩？你聪明漂亮、落落大方，你懂诗词、通音律、会英语，在当时的广东将会有多少崭露才华的机会！但是，你注定与你的远方无缘。

你母亲疯了似的找你，询亲问友、求神拜佛；你哥哥放下工作，去所有你可能到的地方，寻找你的踪迹。在亲情的围攻下，你放弃了你的远方，回到了家乡。

后来你曾多次跟我说起关于远方的梦，你总是对我说，你的梦要由我去替你实现。

再次逃离，是七年前。

你在太湖边找到我，还是依旧的美丽，还是依旧的诗情画意。

我依然不问因由。我们之间不需要任何解释。

我牵着你的手在太湖边漫步，从早上走到深夜。我们在湖边唱歌、跳舞、玩成语接龙，你那么端庄柔软的性子，甚至跟我玩俏皮话粗话接龙。晚上，我们在湖边的餐厅吃饭，我们喝了一瓶又一瓶的啤酒，喝得云里雾里脚步轻盈。

我们在一起时从不谈世事、不聊家常，我不知道你幸不幸福快不快乐，我只知道你在我这里，一定是轻松的快乐的。

离开无锡的那个雨天，你穿一条绣花的裤子，一件绣花的真丝衬衫，大眼睛里泪光莹莹。你说，不知道什么时候还能来无锡，还能漫步在这样一个如画的黄昏。

那是你第一次见到太湖，也是最后一次。

5

我不能相信你真的走了，真的离开了这个俗世凡尘。很多时候，我翻看手机里你的号码，感觉现实如梦一般不真切。

得到你过世的消息时你已走了整整十个小时。短暂的惊疑过后，我尖叫着，大声哭着，疯了似的跑到高速公路入口拦便车。当我坐上最快的一班长途汽车时，我才发现我还穿着一双拖鞋。

十几个小时的车程，泪水浸肿了我的双眼。而当我扑倒在你的棺木上时，才真切地体会到什么叫肝肠寸断。

你躺在水晶棺里，神色平和、面容端庄，一如你熟睡时的模样。

我千呼万唤，你沉睡不醒；我撕心裂肺，你无动于衷。在深切的痛楚里，每一个与你相聚的日子被无限放大，放大成一个无边的虚空。在那个巨大的虚空里，我环顾四周，乾坤无声、日月沉寂。

我想起你跟我说过的一些三言两语的片段：你爱跳舞，但结婚后你再没有进过舞厅；你爱唱歌，但极少去KTV；你重情重义，但同学聚会你从来都是缺席的那一个。你走之前的某天，你在电话里向我道歉，说那次我回家乡，讲好的要请我到家里去坐坐，都已经走到了小区门口，也临时变了卦，怕家里人不高兴。

敏儿，我也许不是最了解你的人，也许不是你最愿意倾诉的对象，但我知道，在心底里，你把我当成了那个远方的你，那个希望无拘无束、在天地间自由飞翔的你。

我们相聚并不多，平时联系并不密，但在生命的最后阶段，你跟我说，你的远方永远只是一个梦了。你的现实只有眼前，只有那个你从一株草、一朵花、一室书香装饰起来的家。你说丈夫喜欢的早餐是骨头汤煮面条，于是你天天清晨五点起来熬汤；女儿爱喝果汁，你就变着花样榨果汁。你说对于眼前，对于家，你尽力了，但还是放不下。

你的老母亲告诉我，你留在世间的最后一句话是：还是姆妈对我好，接我回了家——你最后回的家，不是你放不下的那个家，是你出生的乡下祖屋。

我在你的灵前守了两天两夜。最后的夜晚，你被从水晶棺移进黑色的棺木里。盖棺之前，我抚着你冰凉的手，早已哭不出声。

你安葬在一方青青的竹园里，墓前有一湾清清的水塘。

敏儿，我眼看着一锹锹的泥土覆盖在你的棺木上，堆成了一个圆圆的土丘，从此天人永隔，从此不复相见。

6

敏儿，你说过，你一直想去中苏边境，去看一眼边疆小城；你说过，等你的女儿长大了，读大学了，你就跟我浪迹天涯；你说要去一个远远的地方开一家小小的客栈，庭院里种满风信子和曼陀罗；你说黄昏的时候，你要在秋千上握一卷古诗词，在轻轻的摇曳中睡去……

敏儿，明天，我就要前往乌苏里江畔的边陲小城饶河了，想起你的种种期盼，我多想再次挽起你的手，一同去到那个小城，并肩看那异国的灯火在江上荡漾，一如你轻婉的歌声，惊梦断肠。

2012年5月15日

老大

老大四十来岁，中等身材，光头。

老大本不叫老大，据说姓臧，有妻有儿有工作，原本性格内敛，老实本分。

三个月前，忽闻老大兴致勃勃冲每个认识或不认识的人介绍他自己，说自己是老大，以后每个人得叫他老大。听过的人笑笑，不当回事，但老大极认真，非让人家按其要求称呼，否则翻脸。

与此同时，老大忽然对唱歌产生了强烈兴趣，这种兴趣很快带来了意想不到的效果。

超市门前的露天广场上，有一台自动投币卡拉OK机，只需投进一元钱，即可点唱一支歌。从四月中旬的一个早晨开始，老大便占据了这个阵地。

那天，老大手握一大把硬币，数十支歌一起点，然后一支接一支唱，中途不休息，不上厕所，不吃饭，唱累了就喝一口啤酒，然后接着唱。老大的脸红通通的，油光发亮，也不知是太阳晒的，还是喝酒喝出来的效果。

之后的每一天，老大都会来唱歌。往往超市还没开门，老大已候在门外，只等点歌机通上电源即开唱；超市晚上打烊时，老大方才恋恋不舍地放下麦克风，一步三回头地离去。老大来去之准时，胜过任何一位在超市上班的营业员，这一点，令大家十分佩服。

老大唱歌有两个特点：一是嗓门大，盖过了随机播出的伴奏音乐，音乐开得越大，他嗓门越高，最后你会发现老大额头上青筋暴突、汗如雨下；二是不着调，若你不跑到机器前看看屏幕上的文字，就是听他唱一天，任你猜破了脑袋，也不可能猜得出老大唱的是哪首歌。凭这两点，倒也不埋没“老大”这个名号。

老大唱得最多的是《济公》，有好事者统计了一下这支歌在老大口中出现的频率，据说有一天竟达57遍之多！三个月下来，这显然是个比较离谱的数目，后果是，我们店里员工已没有人记得这支歌的正确唱法。

老大唱歌极投入，比较常见的姿势是屈膝弓腰，两眼怒视前方，似乎那花花绿绿的电视屏幕是他的情敌，非与之决斗方能解心头之恨！有时候，老大的表情又极温柔，只见他单腿下跪，深情的目光执着地追赶那些忽快忽慢的文字，貌似面对心爱的姑娘。此情此景，极具观赏性，不容人山人海的看客不开怀大笑。

渐渐地，老大成了一道风景，那台点歌机也成了老大的专用唱机，超市门前的广场成了老大的演唱会专场。观众与日俱增，带来的影响不可谓不轰动。偶尔有不识趣的人插空点上一支歌，刚开腔不久，就被四周的嘘声吓跑了调。久而久之，没有人再来跟老大抢舞台，而老大的演唱热情丝毫不减。

广场原本是用来停车的，自从老大的个人专场引来超爆的人气后，就有些心思活泛的小商小贩准确抓住了商机。先是来了烤羊肉串的，然后来了炒板栗的，接着又有了水果摊子，后来针头线脑、钱包水杯、头饰挂件、钥匙圈手机套、袜子胸罩短裤乃至床上用品全来了，把广场挤了个满满当当。到后来，广场边上的十字路口也被应运而生的夜宵摊子围住，每晚热闹到深夜。

老大的广大粉丝们也颇有人情味，在广场上小摊儿购买吃食时，总有人记着给老大也带一份，或一包栗子，或几串羊肉，或几只苹果，还有人在超市打烊老大收工之后，拉着老大在夜宵摊儿喝酒的，但老大一律谢绝，神色很是认真，说我是老大岂能吃兄弟们的！有时实在挣脱不过，老大必抢着付账，但老大从口袋里掏出的总是一把硬币，大家打个哈哈，一笑而过。

偶尔见老大的老母亲来超市买东西，那个年迈的瘦弱老太太总是低着头匆匆来去，很愁苦的样子。此刻会有人轻轻嘀咕几句，说是把老大家孩子撞成植物人的那个黑车司机还没有找到，而为了抢救那个孩子——家里的独苗，老大早已倾家荡产，老婆也跑了。大家听了叹几口气，同情的目光看向老大，但老大貌似不以为然，依旧我行我素。

大热的天，老大却常穿一身米黄色西服，脚趿一双红色人字拖，神情的确有些怪异。

有一天上午，老大鼻青眼肿地出现在超市里，一问之下，方知被人揍了。大伙儿惊问何故，老大气愤地说："那人说我天天鬼哭狼嚎，影响了他休息，让我别唱了。我刚说了声'我是老大，我想唱就唱……'话还没说完，就被揍了。"大家一时愣住了。哪知老大一转眼笑了起来，对我们说："他打了我三拳，我手都没回！我要让他们看看老大的风度！"

大家彻底晕倒！

这天下午，老大的歌声明显无精打采，没等打烊，他就走了。

打那以后，老大的演唱状态每况愈下，来去时间也不规律了，以致大家都有点不习惯了。再后来，老大就不再来了。

广场恢复了往日的平静。

2009年2月7日

都是大爷

最近筹办个事儿，需要一定资金，将所有卡啊折的汇拢一算，仍有差距，遂决定开口要账。

但凡借钱的，多是熟人，其中不乏很铁的哥们儿，也有很少交往的旧同事。所有借钱的因由，都是十万火急的，而且一致信誓旦旦不日即还。钱借出后，我因不急着用，也就没有催问过，以至于借出的钱款很少收回过。

回想一下，自己为人做事一向单纯鲁莽，自没有养成立字据的习惯，全凭一两句口头承诺，就三下五除二地给人家救了急。如今自己到了急处，也就鼓足勇气壮起胆，打算问上一问。

打开手机通讯录，凭着记忆，打算按借款年份长短逐一打电话询问。言语自需小心客气，不能伤了对方自尊、坏了双方感情。十年以上的就不用问了，自动放弃；一年以内的也不用问了，时间还不长，不能太催人家。

有个刘姓朋友，大约是九年前借的一笔，六千块，先给这个朋友打电话。

对方手机是停机状态，不过不要紧，还有家庭固定电话。试着拨了一下，是通的，心里一阵暗喜，不过响了好一阵也没人接，大概是家里没人。中午再打过去，竟然有人接了，那边一个声音甜甜的小姑娘告诉我那是一家机械厂，不是私人电话，这让我很纳闷。看来，这笔钱是黄了。好在钱不是很多，我这么安慰自己。

然后给一个胡姓朋友打电话。

胡朋友大概是在七八年前借了三千元。当时胡是外地某厂业务员，到我所在的城市办事时发生了一起小车祸，借这笔钱是给受伤的摩托车主治伤。跟胡本来交往就不多，这么几年过去，也不知道还能不能联系得上，我心里有点嘀咕。果然不出所料，当真也是停机，看来这笔钱又白扔了。好在钱更少，我再次安慰自己。

第三个电话接得倒挺果断，电话那头是朋友的妈妈。

老人家火气很大，还没等我说话，就叫嚷开了：“又是要账的吧？钱没有，命要不要？小短命的！拿到钱就赌，越赌越大，钱输光了，公司抵了，房子卖了，老婆离了！人不知死哪里去了，留我个老不死的在家挡差。我怎么这么命苦啊！

呜呜……”

我赶紧挂断电话，坐在那儿发愣。赌？抵公司卖房子？还离了婚？这一连串话语惊得我目瞪口呆，怎么着也跟那个衣冠楚楚、玉树临风的朋友联系不到一起。那夫妻俩多好多上进的一对人呐！开个广告公司，每天风风火火到处奔波，由一家四人小公司发展到五十几个员工的中型公司，业务量与日俱增，一派繁荣景象呐！

那回借钱，是在一家酒店门口。他宴请一票领导干部，不知怎么把钱包弄丢了，没钱付账，正自着急，刚好我和几个朋友去吃饭，借给他五千块救急，说好第二天就还的，后来一忙就暂时忘了。中间又碰到过两次，不凑巧都没带钱，就这么搁下了。曾经听朋友说起过他的经营出了状况，居然就这么垮掉了？

接连三个电话都这么个状况，着实令我有些沮丧。我决定打个靠得住的电话，缓缓情绪。

李是我在南方打工时的旧同事，要模样有模样，要身材有身材，还有一副好嗓子，是当年外企里男同事们心目中的偶像。那时，我跟李分管一鞋厂的面部和底部，我是面部主管，她是底部主管，时常一起开会，一起应酬，一起举办厂里的各种活动。李开朗大方，很有魄力，大家都挺喜欢她，我跟她交情也还可以。一起工作三年后，我离开广东，就跟李失去了联系。

分别十五年后，我们再次重逢。

那是五年前的清明节，我回广东给先夫扫墓，在老朋友阿芝家里住一晚，见到了刚从越南回国的小森。小森是我和阿芝的老朋友，亦是我和李的老同事，当年是我手下的得力干将，人长得帅，嘴也很甜，一直叫我姐姐，大家关系很铁。我离开广东不久，小森就因为工作能力强，被公司派往越南分公司当厂长，一走十几年，刚回到国内，打算开办自己的工厂。

老朋友重逢很开心，大家一起回忆起当年日夜不分、天天在流水线上抓产量；回忆起加班至深夜，同去路边摊吃炒粉；回忆起我被恶人威胁，他天天接送我上下班当护花使者……再看看人到中年都已微微发福的彼此，很是感慨青春岁月的一去不返。话说得投机，酒喝得就到位。半醉的小森掏出电话，打给跟他一直有联系的、当年加工班的刘班长，叫嚷着让刘班长安排一次老同事的聚会。那刘班长现在已是两家工厂的老板，人爽快，又讲义气，当场拍板，定在第二天相聚，由他负责下通知。

在气氛热烈的酒宴上，我重逢了李、刘等近二十位老同事。大家都混得极好，不是开公司就是办厂，最马虎也是某个集团公司的高管，一个个西装革履套裙名包，风度翩翩举止优雅，仅我一人一身吊儿郎当的T恤衫牛仔裤，背着个“为人民服务”的帆布包，像极了送外卖的小哥。

众人笑着握手拥抱，聊起分别后的种种际遇、生意场上的钩心斗角尔虞我诈，深深感慨年轻时大家在一起的那一段纯净年华。大家推让着入席，我和李是当年的领头老大，又因我从外地过去，被大家让至首席，李坐在我旁边。

此时的李，满面春风顾盼生姿。她于几年前开办工厂，多年来积攒下的人脉资源在关键时刻起了大作用，工厂订单一直络绎不绝，很快从十几人的小作坊发展到了数百人规模的中型工厂。李跟我频频举杯，当年滴酒不沾的她俨然成了酒中巾帼，豪气干云地跟大家说："喝！喝！喝！不醉不归！"

散场时，李送给每人一双鞋子，尺码都正好。

我本就是个随性的人，跟李自然也恢复了联系，隔山岔五的也有个一来二往的电话交流。比我大两岁的李总是嘘寒问暖，言语之间有着大姐姐般的温暖可心。

隔了半年，李打我电话，问能否借一万块钱给她应急，说她的一批订单出了点小问题。一万块不是个大数目，但我手上也一贯没有闲钱，只好向姐姐凑了凑，隔天给李汇了去。之后，大概是李的工厂事儿多，没有再和我联系。

我在屋子里走来走去，酝酿了半天措辞，打开手机又收起，反反复复犹豫不定，总觉得开不了口。最后一咬牙，还是拨了电话。果真，手机是通的，这不禁让我很开心的同时也有点惭愧：多守信的故友啊！若不是急用，我也不会打电话催啊！

我在悦耳的等待铃声里堆起满脸笑容，打算用大大咧咧的口气打破讨钱的尴尬气氛。我想着先问候她故乡的双亲，再赞美她正读高中的孩子，然后在一种相当和谐的氛围里问那该死的一万块钱。我甚至盘算着下次去广东时要带上无锡的酱排骨、紫砂壶、泥人等特产去拜访这美丽的可人儿，感谢她的诚信大度。

电话一直无人接听，我的笑容也慢慢僵死在脸上。但我并没有着急，心想李大概是临时有事忙去了，等会儿再打。过了几个小时，我又酝酿了半天情绪堆起满脸笑容，再次拨打了电话，但依然无人接听。当我第三次拨打这个号码时，已是关机状态，并从此再也没有开过机，直到最后的停机。

我曾经悄悄问过当时组织聚会的刘班长，是否有李的消息。刘班长说开始是有的，还小范围聚过两次，但后来一忙，就再没顾上，他也不知道李的情况了。

拨打第五个电话时我想好了，只要肯还钱，我喊他大爷。

这是个同城的朋友，借了我两笔钱，一笔五千,一笔八千，已经有些年头。当时他开一家食品公司，隔三岔五往我负责的超市送货，彼此算是很熟悉。后来，他的公司倒闭，他不停地换工作换电话，但每次都会给我打个招呼，央求我给点时间，我也不当回事，就这样一直拖了下来。我翻出最后一次联系的电话号码打过去，果真又停机了。但没有问题，我们之间有共同的朋友，我能找到他。隔几天，我找到了他的新单位，是家夜总会。据说他先是在这家夜总会打工，后来不知发生了什么趣事儿，居然成了夜总会的老板。

我在夜总会看到的是一个高端大气上档次的成功人士。他热情洋溢地接待了我，请我吃饭喝酒，情真意切地感谢我，并向我赔罪，说在他最落魄的时候，我是一大堆债主里唯一没有上门逼债的好人，他说我的宽宏大量让他永远感谢。

他请我参观他的夜总会。红男绿女在五颜六色的灯光下耳鬓厮磨，忙进忙出的侍者端着酒水饮料恭敬地给他微微鞠躬，好一派热闹繁华。他还告诉我他刚相中了一套二百五十平方米的花园洋房，面向太湖春暖花开，过几天就去付全款。他问我卡号，表示第二天就把钱打到我的卡上。

我的卡并没有等到他的钱，我也不曾打通过他给我的新电话号码。我后来有次路过那个夜总会，被西装革履的侍者拦住告知老板不在，请我留下电话号码，说会提醒老板跟我联系。

跟前面的几个人一样，我删了他的电话，不再让那个号码败坏我的心情。

最后一个电话是打给一个过世的同学的嫂子的。我于两年前在同学的葬礼上认识了这个穿金戴银漂漂亮亮的女子，她很亲热地拉着我的手跟我聊天儿，说时常听同学提起我，夸我重情重义，说在他们全家人心目中，我就是他们的家人。她言辞恳切地请我以后但凡回到家乡，一定到她家里吃饭，她会把我当成妹妹一样看待。

接到她问我借钱的电话时我非常诧异，因为他们整个家族在我们当地实在算是相当的殷实，从经济实力上来说，我跟他们家的任何一个成员都无法相提并论。她所借不多，四千块，但我当时正在西藏旅游，确实拿不出这个钱，只好紧了紧手，给她汇了两千。

我根本就没有打通过她的电话，因为我发现她把我的号码设置进了黑名单。

余下的电话不用打了，我真怕再打下去，会彻底失望于我所一直看重的所谓缘分，所谓友谊。

我把要钱的经过讲给我一生意场上的哥们儿听，并惨兮兮地抱怨说那些人怎么能这样呢？我连吃碗面条都为点五块钱的阳春面还是八块钱的鸡蛋面做半天思想斗争呢，我容易嘛我！那厮在QQ聊天框里发来一个翻白眼的表情，说：“得了吧你，甭纠结你那点儿散碎银子了，兄弟我都要被一大堆白条儿整破产了，还不知道上哪儿说理去呢。”

得，都是大爷。

2010年9月4日

家宴始末

昨夜家宴，宴请大娃的班主任王老师，一个长相酷似87版贾宝玉的家伙。

请老师吃饭，这在我是件特别新鲜的事，其稀罕程度借用我家小刘哥哥的一句话：比老婆饼里出现老婆的机会还小。

但凡跟我有点交情的人都知道，本人平生最不喜欢的人就是老师。这其实也怪不得我，都因为我在性格初成之际，遇到了影响我喜好的老师。

我这种张扬的个性，打小学起就暴露得非常彻底，具体表现就是对当班干部有异于常人的热衷。那时，我家离学校不足百米，学校看起来就像我家私塾，我父母为人又老实又大方，跟老师们都相处得如同家人，所以从小学一年级起，我就被委以班长重任，并且袖筒上常年挂着三道杠儿。就这样，我一直茁壮成长到小学毕业。

我是以高分进入初中的。班主任是个年轻女老师，中等个子，短头发，走路跟阵风似的，姓廖。廖老师脸很宽，戴一副黑色阔边近视眼镜。我怀疑那镜片是带着颜色的，藏在有色眼镜后的眼睛大而凶狠，让人头皮发麻。

廖老师喜欢漂亮女生和高大男生，看向这两类学生的目光倍儿温柔，一点也不凶。我有时特别渴望偶尔能被那两道温柔眼神扫射到，但我运气一直不太好。

廖老师任命班干部时，充分起用了漂亮女生和高大男生。班长是个差不多一米八高的家伙，小学留了好多级，比我大着好几岁，副班长是我的死党小慧，学习委员是小慧的洋娃娃脸堂姐，体育委员、音乐委员、劳动委员等不是白美就是高帅，我连个小组长都没混得。

作为学习成绩好、干部资历深的优秀学生，居然未得一官半职，这着实让我非常郁闷。有天课间，我偶然从办公室门口经过，听廖老师正跟另一老师说起我，她说她看着我就吃不下饭，特希望我从她班上自动消失。这我就有必要描述一下我当时的长相了。

话说我小时候，头上身上经常长疮（现在知道那叫疱疹），看起来浑身上下就没几处好地儿。农村里，也没个医疗条件，胡乱弄些草药洗洗泡泡，也不见好转。有一年，全身起满了珍珠似的黄泡泡，每天发高烧说胡话，眼看快要死了，据说家里连后事都安排好了，死了就埋在爷爷坟边上。

当然，我顽强地活了下来，且于二十二岁那年遇到一个退伍军医，用两块四毛钱的药根治了顽症。这是后话。

小慧这种女娃儿，貌美似花胆小如鼠，收个作业都发抖，更别说任职副班长这种技术含量极高的高官了。我是个热心人，除了常常指导小慧如何当官，我还指导体育委员喊操，教音乐委员识简谱。我不由自主就把自己摆上了资深顾问级别，为廖老师长期不待见我埋下了祸根。

总之，廖老师让我由阳光少女变成了极度自卑的丑丫头。

但祸不单行，后来，我又遭遇了一位蹩脚的英语老师。此人有个在食堂工作的胖老婆，这位胖老婆也不知是有意还是无意的举动，终于让我彻底厌恶了上学读书这件人生最重大的事情。

我家屋后住着一户张姓邻居，20世纪80年代初，为了积攒翻修房子所需的木材，张家的三个儿子冒险去山区偷树冲关，房子还没开始动工修建，就被有觉悟的群众告发。正值第一次严打，张家三个儿子分别被判二十年、十五年、十三年徒刑。

张家的儿子们坐牢之初，偶有书信寄回。那时的农村，交通尚不便利，信寄到镇上后很长时间才能到各村各组。我那时在镇上读初一，张家姨妈跟我父母商量，说让她的儿子们把信寄到我所在的学校再由我转给她家。

学校的信件一般都插在操场边的宣传栏玻璃夹缝里，中午吃完饭后在操场自由活动时自己去拿，但我从没在那里拿到过张家儿子们的信件。

第一次收到张家儿子的信，是初秋的一个中午。我去食堂打饭，队伍排得跟龙一样，长得让人绝望。我排到窗口时已经汗流浃背，饿得眼冒金星。正手忙脚乱接过师傅舀到饭盆里的半勺萝卜和一勺米饭，就听一声洪亮的叫喊如晴天霹雳砸在头上："某某某，张某某写来的信！"

一封信从窗口飞出，在全校师生鸦雀无声的静默中飞到我的饭盆里。抬头一看，英语老师的胖老婆正不怀好意地望着我，嘴角还挂着幸灾乐祸的坏笑。

那真是灾难性的一刻。

那个年代，政治特别敏感，对于吃了官司的人家，一般人犹如面对洪水猛兽，避之唯恐不及。班主任找我谈过一次话，很含蓄，意思是别把自己的脸往污泥上贴；而议论我家跟罪犯张某某家有牵扯的话题，更是无处不在。第一批入团人选名单中，果然没有了本来品学兼优的我的名字。

从此再不学英语。中考，英语五十六分，列全班倒数第一；高考，还是倒数第一。

廖老师和英语老师的胖老婆的行为，终于让我这个懵懂少年对老师这个职业产生了无限厌恶感。大娃小娃求学的过程中，我少不得要和老师打交道，但我尽量减少跟老师的见面，我确实很难说服自己做到表里如一地尊敬。

大娃高一的班主任，我在开学送娃报到交杂费时见过一面；高二的班主任，在开家长会时见过一面；王老师是大娃高三的班主任，见得多一些，究其原因，一是大娃面临高考，总有些事情需要家长到场；二是这班主任长得实在善良诚恳，一看就心生亲切。

话说这大娃，高中前两年，该玩也玩了，该疯也疯了，该早恋也恋了，比她娘都牛，她娘光知道玩儿。我当时觉得，就凭大娃这个玩法，最终能顺利毕业或者胡乱上个大学就算祖上烧了高香，只可惜了这所重点高中。等上了高三，换了个班主任王老师，据说笑里藏刀，严厉得很！大娃最终上了个货真价实的本科，这王老师功不可没。

我打算请王老师吃个饭。知恩图报嘛，咱也是个讲究人，不喜欢老师不代表不知礼数。

开始没想着要家宴。什么叫家宴？那必须是亲如家人的人才能赴的宴。之所以改为家宴，完全是因为话讲得投机；话一投机，请客的地方就显得特别重要，最隆重的就是家宴了。

确定了家宴后，我紧急打电话给小刘哥哥。对于买菜做饭这种高难度技术活儿，我的智商明显就成了我的硬伤。好在咱家有小刘哥哥，人家有一手神出鬼没的绝活儿，刀起铲落之间，就能搞定一桌满汉全席。我每次都绞尽脑汁翻新各种夸奖的词句，争取让小刘哥哥在烧菜做饭的不归路上一条路走到黑。

我自告奋勇去接王老师，可莫名其妙就迷了路，这让我特别不好意思。我本来是想营造一种我特别有见识、特别靠谱的假象的。出门之前，我还花了不少时间清扫屋子，把仅有的几本破书摆得端端正正，想显得自己有些文化。

超过约定的时间两分钟后，我才满头大汗赶到，这让我有些羞愧和自责。

王老师长得可谓心宽体胖，但他媳妇儿却是苗条淑女君子好逑，五岁的小儿子浓眉大眼，跟他老子一个模子倒出来似的。我诚心诚意毕恭毕敬把王老师一家接到家，小刘哥哥的厨艺表演已经接近尾声，八个菜说多不多，但也把桌子摆满了。

王老师说他只能喝点啤酒，两瓶的量。我往酒箱看了看，还有八瓶，心想是够了。小刘哥哥喝白酒，我和王老师一人四瓶，算老师客气，话里有点水分，加一倍的量，大概也差不多了。

后来才发现，我太低估了老师的客气。

王老师教语文，大学读的是汉语言文学专业，文字功底好、口才棒自不必说，跟我这种满嘴跑火车的伪文艺中年那是一拍即合。从大娃的志愿到小娃的分科，再延伸到孩子的教育，再说到中国教育之现状，然后听我说不喜欢老师，然后再听我扯到波澜壮阔的江湖云云……王老师的素养真是好到了极点，他不仅默许了我对应试教育的不屑一顾，也认可了我口中莫名出现的江湖，还容忍我怂恿他的学生跟他推杯换盏，最后又同意了我在各种问题上的出格言论。

酒喝得畅快淋漓，八瓶啤酒转眼就酒尽瓶空。小刘哥哥眼疾手快，赶紧打电话让人送酒。王老师真是客气啊，明明是一箱的量，非说成两瓶，这个数字完全可以大胆乘以六嘛！

明月清风下，我和小刘哥哥送王老师回家。小刘哥哥明摆着比我更清醒，但我偏不让出驾驶位，还振振有词：警察不查女同志！最后还是王老师懂事守法，上了辆出租车扬长而去。

目送完王老师，小刘哥哥把我搀回小区拖进电梯，然后又把我拖进了房间扔到了床上。迷迷糊糊中，就听到小刘哥哥唠叨："在家吃个饭都能把自己喝成这个熊样儿，不装大侠会死啊！"

2013年6月30日

南方无雪

不知何时起，铁路两边已无雪迹。许是火车有节奏的摇晃和单调的轰鸣声催我入眠后，雪线停止了向南方延伸。

黑夜跨越了雨雪，当我从中铺探出头，岭南的绿意正在车窗外展开。

已有好几年未踏上南归旅途。十八年前的记忆里是烈日、酷热和绝望，之后是连绵的阴沉、总不见晴朗的天空。记忆里很少有轻松明快的色彩，曾经拥有的美好，也在巨大的变故下褪色，终于只剩模糊影像。

列车停靠广州，有亲友接站。晚饭吃得很饱，参加了一场禅茶音乐会的前半部分后，离席，在街头走了一小会儿，回房间休息。夜里睡得不安稳，一直出虚汗、咳嗽，五官都似变形了，好在没有发烧。

早晨起床，本来穿上了裙子，一出门，发现降温了，又退回房间换回毛衣皮裤，穿上大衣，然后乘车去墓园。

墓园寂静，林木森森。拾级而上，走到亲人的墓前，坐下。划燃火柴，点烛烧香，一边看火苗舔过纸钱，一边跟亲人说话，告诉他两个孩子已长大，眉目间尽是他的影子。

风过山林，渐成呼啸之势，墓前的火苗却燃得安稳。手指抚过墓碑，碑文上的红漆已斑驳，亲人的容颜却清晰如昨。时间过得真快啊，一晃，十八年了！十八年前，我亲手将他埋葬。

下山回城，在大哥家吃午饭。本不擅厨艺的大嫂，盛情端出了一盘鸡、一盘排骨、一碗烧鹅、一碟青菜。饭后，我们一起回南昆山下的那个家。

汽车往目的地飞奔，我弯腰咳嗽了很久后，蜷在副驾座上睡着了。低缓的音乐在梦里若隐若现，我睡得糊里糊涂，待睁开眼，路两边出现大片大片的竹海，到家了。

新屋前的平地上是大兴土木过后的砖木余料，头发全白的公公在搅拌水泥石灰，厨房里一派热火朝天，新房子明天要生火做饭，泥水匠今天务必把炉灶水槽等砌好。

跟公公说几句话，然后去找婆婆。

在老院子的厨房里，看见婆婆在摸索着杀鸡煺毛。我喊一声妈，婆婆抬起头，说你回来了？我点点头。婆婆说："我看不清你，让我摸摸你吧。"

我走近，蹲下。婆婆用围裙擦擦手，摸了摸我的头发、我的脸，满意地笑了："你没有瘦，真好。"我忽然掉下泪来。

"妈妈的眼睛怎么了？"吃完晚饭，我悄悄问正在厨房忙碌的小妹。

“前些年做了手术的那只左眼看不见了，右眼可能是白内障，看东西模模糊糊的。”小妹一边麻利地洗刷一边回答。

“没有去医院看吗？”

“不肯去，说不着急花那钱。等忙过这阵子，开了春，天气暖和了，我再想办法哄她去。”

“腿呢？我看她走路不方便了。”

“不知道原因，也是不肯去医院。等忙完了一起好好检查。”

“怎么又修房子了呢？这么大事，也不告诉我。”

“你知道两个老人的心病。上次翻修房子，是二哥走了，老人觉得家里风水不好。现在大哥那个身体你看到了，帕金森症在医学上是难题，但老人家总还想从别的方向想办法，还想趁着做得动，努力一下……你也忙，负担也重，又天长路远的，告诉你也是徒添烦恼。再说，家里有我呢。”

“你也太辛苦了……”

“没事，幸好我嫁得近，生意也还做得下去，阿坚又是个本分人……”

夜里不能入睡，咳嗽一阵紧挨着一阵。

小妹敲门进来，钻进被子，两个人有一搭没一搭地聊天。不外乎是镇子的扩建变化，邻里乡亲间的冷暖情义。

小镇这几年有翻天覆地的变化——县道改良，高速在建，木器加工厂如雨后春笋般涌现。每天，十数辆大型货车往返于县道上，拉进木材，卸入各加工厂；拉出经过精加工的家具配件，发往全国乃至世界各地。

小镇镇容也今非昔比。为了保护饮水水源，排污工程进行得非常彻底——因铺设排污管道，街道路面几乎全部翻开重铺，人行道是清一色的大理石，行道树也移植整齐。

主街上的房子修葺一新，很多以前两三层的街面房，现在加盖到了四五层。河对岸的沿河空地，这几年很火，地价一年高过一年，如今已成为鳞次栉比的住宅区。村子里的空房子多了起来，大家都时兴到镇上买地基修房子。

“二叔三叔家都还好吗？”我欠起身，拿起书台上的玻璃杯喝口水，随口问道。

“都挺好的。二叔家的阿峰开一家木器加工厂，结了婚，生了两个孩子；晶妹两口子也开了木器加工厂，在镇上盖了楼房。”小妹停了停，又继续说，“跟三叔家的来往要少一些，他们也在开木器加工厂，三个子女有两个结婚了，老二在广州上班，也都不错。”

“怎么大家都在开木器加工厂？咱们这里并不盛产木材呀！”我听得有点糊涂。

“你每次回来都宅在家里不出门，自然不知道情况，变化其实从十年前就开始了。”小妹沉吟了一下，“都说现在是信息化时代，但真正要做到信息互通，要从信息中发现和抓住商机，还是需要契机的。”

原来，十年前，镇上回来了一个商人。这位大伙儿口中的王总，多年前外出，在一家木器厂打工，后来自己开了一爿小厂，经营多年后，功成回乡。回乡后的王总，并未如众人猜测的那样赋闲享福，而是动员了一批乡邻，前往智利等国考察学习。一番周折之后，开始在镇上办木器加工厂，精加工家具配件、木器工艺品等。因眼光超前、工艺精细，很快就做大有了名气。成立于几年前的“某某创业孵化园”，让一个安卧于南昆山脚下的寂寂小地方，摇身一变，成了电商平台上的网红镇。

“那木材呢？从哪儿来？”

“外地进口。”小妹声音里有了喜悦，“生意一好，镇子就有了名气，政策也就跟进来了。正在修建的汕湛高速，很快就会通车，咱们这里有一个出口呢。”

“那，咱们这里原本的产业呢？竹器加工厂还有人开吗？”

“竹器加工还是有人做的，比如牙签厂。只是这种传统生意，技术含量不高，利润远不如木器加工。”原本有些困倦的小妹，似乎又来了精神，“二嫂你不知道，那些木器工艺品，更新换代虽然快，但畅销着呢。比如用来放手机的十二生肖，订单大着呢。”

“那还有人种地吗？以前很火的‘岁岁红’年橘，种的人还多吗？”

“年橘因为‘黄龙病’得不到根治，种植面积已经减少了，本地的种地人也少了。但来了广州的老板，整片承包土地，搞产供销一体化，因为咱们这儿土好，水好，污染少。只是这个需要时间，还没有搞起来。”

“哦。”我点点头，看了一下窗外。夜很黑，有零星的雨滴打在瓦楞上，一两声狗吠冲破寂静。

我忽然想起一群被拐卖到镇上的妇女，那些力气很大、干活麻利、很快就学会了本地方言的外国人。

20世纪90年代，恍惚是一夜之间，她们来到这个偏僻的地方，操着异国语言，进入一些形形色色的家庭，这些家庭有一个共同的特点——有娶不上老婆的成年男子。她们都是些年纪不大的女人，落脚之后，很快就怀孕生子。没有人说得清她们的来历，似乎所有人对她们的来龙去脉都讳莫如深，只知道她们是越南人。

有一天，镇上来了一个小男孩，三四岁的样子，皮肤黝黑黝黑的，被看热闹的小孩子们取绰号叫“黑鬼油”。小男孩生活在镇上一个没有男孩的家庭，每天跟街道上的小朋友们打打闹闹，很快也就会说当地话了。

小镇三天一个集市。逢集市，十里八乡的农人会来镇上，售卖农产品，购买生活用品。小男孩来不久，一个赶集的日子，小男孩正在街上跟小伙伴们玩耍，忽然听到有人用越南话叫他的乳名，小男孩下意识地抬头，看见了自己的亲生母亲——原来，小男孩的母亲也到了镇上，生活在另一个家庭。

我不止一次地听人说起这对母子重逢的场景，说的人唏嘘感慨，听的人眼泛泪光。这些出现在镇上的异国妇女和儿童，曾让我百思不得其解。

“那些越南人呢？都还在吗？”我有点急切地问道。窗外的雨此时也下得大了起来。

“早就走掉了。”

“哦？怎么回事？”

“先是有偷偷跑掉的，后来，是有人报警，人贩子被抓了，越南人就都陆陆续续地走了。”

“那她们生下的孩子呢？”

“孩子留在了这边。这几年，慢慢会有走掉的越南妇女回来看孩子，这边的家庭也不再干涉。”

“那个黑鬼油呢？”

“黑鬼油是被他妈妈带走的，是偷偷跑掉的，再也没有回来过。”

“哦。”我听见自己松了口气。

“也有一个例外。有一个没有走的。”

“哦？然后呢？”

“那个没有走的，生了两个孩子，孩子的父亲前几年却生病去世了。政府给孩子和这个越南妈妈上了户口，还定期给予一些生活补助。”小妹忽然坐直身，看着我说，“二嫂，这里改变真的很大，不再是那个偏僻落后的小地方了。”

“嗯。”我边回答，边有些意外地看着小妹，知道她话中有话。

“我知道，你对这里有心结。二哥走了，这里是伤心地，你不愿再回来。玉儿在这里度过童年，留下了一些遗憾。为了带走玉儿，你做了很多努力。”小妹叹了口气，“都过去了。都好起来了。”

“我……”我忽然哽咽。很多尘封的往事，刹那间涌了上来。

家在镇子中心，走过一个三岔路的转角，往前五十米，是一座横跨河流的石桥，桥长约三十米。对岸，便是连接县城的官道，也是多年前唯一的一条通往外界的路。

十一个月大的玉儿被抱来小镇时正值阳春三月，小镇用满城绿意迎接了这个粉粉嫩嫩的小娃娃。本意是送回家断奶，但爷爷奶奶第一次看到这个小孙女儿，便爱不释手。于是，玉儿留在了小镇。

过一年，玉儿的妹妹宝儿出生在江苏。再过一年，孩子们的父亲身患绝症，从江苏回到广东医治，宝儿随之送回湖南外婆家。又过两年，孩子们的父亲逝于广州，葬在公墓。

很长的时间里，我奔波于江苏广东湖南三地，玉儿和宝儿，在完全不同的环境里成长，各自的童年都缺失了父爱和母爱。

当我有能力接孩子到身边时，我发觉将玉儿带离小镇成了一件困难的事情——也许是对异乡的不了解，也许是那些越南妇女和小孩的遭遇，也许是儿子的离世加深了奶奶对孩子的爱，奶奶不许玉儿离开她的身边。

每次回家，玉儿喜欢牵着我的手，欢天喜地地在镇上到处游走，告诉小伙伴我是她的妈妈。除了一口蹩脚的普通话，我并不会其他语言，而这个不足一岁回广东的奶娃娃，接触的全是客家话和广东话，却硬是能跟我讲一口普通话。

她牵着我去登山顶公园，扭着小屁股一级一级爬台阶。她告诉我哪里看到过一只漂亮的长尾巴鸟，哪里有一块能坐人的石头，哪里会长出竹笋。她带我去镇上任何一个她喜欢的地方，但唯独不肯过那座通向外部世界的石桥。

夜里，玉儿睡在我怀里，会小声地问我能不能多陪玉儿几天，得到满意的答复后，小姑娘会拿小脸贴紧我的脖子，心满意足地睡去。

但我没有意识到创伤已经造成。多年以后，我才知道，奶奶告诉玉儿，任何人都不能带她过那座石桥，过了桥，她就会像那些越南人一样被卖掉！恐惧就这样深藏进了一个小娃娃的心底。

玉儿在乡村小学上学了，成绩优异，总是班级前几名。但我知道，必须尽快带走玉儿，脱离这个偏僻闭塞的环境，因为，玉儿有一天告诉我，她长大后要报复那些欺负她、喊她

“没爸爸的野孩子”的同学。

玉儿九岁时，终于回到了她的出生地江苏。但她是个不爱笑的孩子，即使长大成人到了今天，她仍然是冷冷的、不爱跟人打交道的样子。

我不知道要跟谁去讲理。命运让我与这个小镇交融，一辈子不能分割。这里有永远的亲情，有深深的遗憾，有无法抚平的伤痕。

接走玉儿后，我减少了回小镇的频率。除了偶尔回来看看生于斯长于斯的亲人，我不会再有心情关注这里。每次回来，只是在家陪亲人说说话，吃几顿饭，住一两晚。小镇的变化、邻里乡亲的恩怨，都不会再进入我的视线。

但今晚，听完小妹的述说，我陷入长久的沉思。

在一些无法预知和避免的悲剧里，尖锐的疼痛会消减愉悦的记忆，无助感彻夜咬噬残剩的温暖。最初的几年，我无法接受至亲离开这个事实，我把那场惨烈的永别归结于这片土地，认为是这片为恶的土地受了诅咒，才牵连了无辜的人。

很多个长夜里，辗转反侧并不能厘清因果的逻辑。我曾走过的那些寺院，转过的那些经筒，听过的经文磕过的长头，都不能让我获得平静。我一遍遍问佛祖：为什么容许恶人为恶？为什么要让良人受难？善恶不分的世界就是因果轮回的结果吗？

台湾作家王鼎钧的回忆录里有一个故事：一个救人无数不

取报酬的医生，战火毁了家园，医生命丧瓦砾，野狗在尸身上吃红了眼，文中的“我”站在废墟旁仰首问天，为什么会是他？为什么会是他啊！

苍天无语。

世间事变幻莫测，哪是一个简单的因果能解释的？哪是一句“为什么”能问明白的？生而为人，有多少重担须负，多少苦难该承，再不堪的往事，也只能放下。放下，便是救赎。

午夜，雨停了，天地安静下来。我听见村子里时断时续的狗吠声，还有风过竹海，澎湃浩荡，如心潮起伏，一直到天明。

2019年1月25日

再回首

1

隐约听到一声鸡叫，睁眼望向小方格子窗，外面蒙蒙亮。我窸窸窣窣穿衣起床，去厨房打水洗脸，脸盆的声响惊醒了母亲。她趿着拖鞋、披着棉袄，睡眼惺忪地从房间出来，边走边用一块手帕将凌乱的头发捆成一把，然后给我生火做早饭。柴火有点湿，烟很大，“得去扒点枞毛了”，母亲擦着淌泪的眼睛自言自语。

炒饭上盖着一只金灿灿的煎蛋，我很诧异地看向母亲。“今天是你的生日呢，傻妹儿。”母亲伸手摸了摸我的头发，继续往两个搪瓷缸子里装填炒好的黑豆豉和鲊辣椒。学校伙食不好，每次返校，母亲都要给我带一点自制的干菜。

月光很亮，照着地上薄薄的霜。我磨磨蹭蹭往前走，母亲背着一个竹耙跟在我身后，娘儿俩一前一后默默地走了一段路。天太早了，我打不起精神开口。

山脚岔路口，我用脚踢飞土路上的一颗小石头，转身对母亲说：“姆妈，我走了。”

“嗯，去吧，妹儿，路上小心点。”母亲停住脚步，拂了拂额前的刘海。

十月末已经很冷，我往手心呵了呵气再搓了搓，然后把双手插在裤兜里，小跑起来，扎紧盖口的搪瓷缸子在书包里发出叮叮当当的声音。

学校距家二十几里路。先是一小段县道，然后向左上坡，走上一条土路，傍着旁边的水渠七弯八拐走七八里后，要穿过一片高大的油茶林。相传，林子里吊死过一个孕妇，每次经过我都心惊肉跳。

走出油茶林二三里后，向左往下拐入一大片坟地。每次穿过坟地，我都不敢左顾右盼，更不敢回头，只想拔腿就跑。可老人们说，你走得慢，鬼怪只远远地打量，不会走近你，若一跑，反惹追赶，所以我只能硬着头皮慢吞吞走。不管春夏秋冬，我的衣服总会在经过那里时被汗水浸透。

走出坟地之后，还要穿过一个小村庄和一大片田野。村子里静悄悄的，未听鸡鸣，也不闻狗吠，散落在塘角池边的青砖瓦房，在月色中露出阴森森的模糊轮廓。而秋收过后的稻田光秃秃的，枯草残桩上落了莹莹的霜，我的脚步声在万籁俱寂的大地上显得清晰和孤独。

我忽然觉得奇怪，月亮怎么还这么大这么亮？东方为什么还没有露出鱼肚白？田埂上怎么不见早起放牛的人？我疑惑地望向天空，那轮明晃晃的大月亮还高挂头顶，几颗寒星打着哆嗦。

离天亮还早着呢。

2

学校建在一面小山坡上，前面是大片的农田，一条百十米长的沙土路，从学校的操场笔直地通向一条车辆极少的县道。沙土路两边的水杉整齐高大，秋天起风的时候，路面铺上一层厚厚的针叶，脚踩在上面松软温暖。

学校依山势分三层而建。

站在最底层，学校的两百米椭圆跑道、两个篮球场、跳高跳远的简易沙坑、单双杠场地、一小片灌木丛和一方小池塘尽收眼底。

往上一层，分布着两排红砖平房，这是学校的教室和教职工宿舍。房子后面，散落着几张水泥砌成的乒乓球桌。

学校的顶层，是一长排红砖房子，分别是六间教室、两间办公室和两小间教职工宿舍。这一排房子的东面，下几级台阶，有一间大房子，是全体女生的宿舍，上下铺，能住百来号人。宿舍前面有一小块水泥坪，经常晾晒着萝卜干、菜叶之类的东西。

女生宿舍边上是食堂。食堂再往下走几级台阶，是一间更大的房子，原是学校的礼堂，后来隔成了男生宿舍。自西而东穿过只有门没有框的礼堂，往上走十来级台阶，就到了一个灌木丛生的小山坡，坡上修有一排蹲坑式公厕，更远一点的地方，是一个没有水龙头的公共澡堂。

学校后面，西高东低的缓坡上种满了橘树。秋天，树上挂满了或青或黄的橘子，那是学校的财产，白天晚上，有老师轮流巡视看守，防止附近农人偷摘。橘子成熟时，老师会组织学生采摘，然后学校会组织品橘会，学生们排队，一人领一个金灿灿的橘子。剩下的橘子会被卖掉。

我的初中生涯，就在这个名为“红岩中学”的学校里度过。

3

学校条件艰苦。早餐馒头和稀饭，馒头很硬，能打死狗，稀饭很清，叫作米汤更贴切，没有菜；中餐、晚餐是大米饭，两个菜，一个蔬菜、一个咸菜，偶尔吃一次豆腐，便算打牙祭。肉是没有的，油也少。好在那时已是20世纪80年代中期，能吃饱饭了。我们那群半大孩子，个个饭量惊人，一铁板一铁板的饭从蒸笼里抽出来，用铁铲子切成一块一块的，三两一块，每个人都得吃两块。

用水更是考验。近三百学生，只食堂边上几个水龙头，洗漱都在那里接水。春夏秋都不要紧，冬天用冷水洗澡，的确需要勇气。小山坡上的澡堂没有水源，得在食堂边用桶接了冷水，提到澡堂去草草擦洗一番。每天早晚，水龙头边总排着接水的长队。

学校后山脚下橘园旁有一口小池塘，学生们都在那里洗衣服。洗好的衣服就挂在旁边的树枝上，记着了就去收，记不得就挂在那儿，也没丢过。

男生宿舍因为是大礼堂隔出来的，通风应该没问题，冬天大概很冷，但也没听男生们说过。女生宿舍的双开门两边，各有一扇小窗户，其余三面都没有门窗，一百多号人住在里面，闷得很。暑假前后两个月，没有风扇，十分难熬。学校管理严格，每个人的物品都放得整整齐齐。

晚上上厕所，对女生来说是个考验。印象中，小山坡上的厕所是没有灯的。下晚自习后，大家成群结队穿过礼堂去小山坡，一路嘻嘻哈哈，倒也好玩。最痛苦的是偶尔遇上闹肚子，深更半夜，整个学校静悄悄的，阴森可怕，不邀个伴，实在不敢去。半大的孩子，睡得都特别沉，往往摇晃半天，也弄不醒，又不敢喊，怕惊动了舍长，要扣班级分。于是只好硬着头皮往礼堂走。黑乎乎的礼堂里，像藏满了鬼怪，男生宿舍里不时发出呓语，对面门外微亮的夜色中，总好像有影子晃过，让人紧张得不敢喘气。好不容易摸到厕所蹲在坑上，赶紧闭上眼睛，然后自己唱歌给自己壮胆，却又怕黑暗的角落中忽然爆出怪笑声。战战兢兢地解完手出来，仍不敢睁眼，生怕迎面碰见什么可怕的东西，用手指半捂着眼睛蹭几步，然后撒腿就跑，只想一步就纵到宿舍床上。

学校每年组织学生勤工俭学，通常就近挖土锄园种菜，偶尔进山摘野茶果，要走几十里山路，还要在山里人家借住几天，每个人都有任务指标，压力很大。

即便如此，我们并不觉得苦，并且为能在那里就读感到幸运。

4

我的班主任姓刘，二十多岁，教数学和政治，很凶，人送绰号“牛发狂”。

那时没有家长会，孩子的父母偶尔去一趟学校，无非是去送点米送点干菜。家长大多是农民，见到老师，非常尊敬，很专心地听老师说自家孩子的情况，也不插嘴，也没有什么要求，但走时肯定会叮嘱一句：“不听话您尽管打！打坏了没有事！”

刘老师成天逼着我们背书，政治那肯定能倒背如流，第几页第几行是什么内容，大家都记得清清楚楚。最神奇的是数学，从公式到例题，也必须牢记熟背。刘老师勤快，他的课一定拖堂，下一堂的上课铃响了，他才夹着教案出去；其他老师的课，下课铃声还没响，他已候在教室外。

他布置的作业真多，还要时时抽背书中内容，背不出来得挨打。刘老师打人不分时间、场合。背不出书、上课不专心听讲、自习课有小动作等，被他发现了，随时出手。女生多半是给一巴掌，对男生是拳打还是脚踢，随意性很大，毫无规律。我们那班同学，没挨过揍的很少。

我的同桌姓陶，是个男生。有次数学课，陶同学问我借支笔，恰被刘老师发现，说时迟那时快，一个墨水瓶飞过来，直直砸向陶同学，陶同学脑袋一偏，墨水瓶啪的一声，炸在了墙壁上，蓝黑墨水溅了陶同学一脸一身，那模样可是真滑稽。讲台上老师继续讲课，下面同学继续听课，陶同学和我惊魂未定，没人敢出声。

一个姓蔡的女生，晚自习开小差，被刘老师拎耳朵，拎出血来了，擦巴擦巴，该干吗干吗，毫无怨言。

陶同学现在某高中教美术，蔡同学现在是某公司副总。前年同学聚会遇见，忆起当年挨刘老师打的事，大家哈哈一笑，说幸好遇到严师，不然大家现在都该是农民。农村学校升学率很低，红岩中学是镇重点中学，高一些，但我们那一班中考成绩排全县第一，全班五十几个孩子，只少数几个没有考上高中，实属罕见。

语文老师先后遇到两位。初一初二是年过半百的余老师，有民国文人的风范。初三是一位袁老师，三十多岁，留有鲁迅式黑胡子，喜欢画画，傍晚时常见他坐在台阶上画素描，树荫下捧书的女学生、操场上奔跑的男孩子，活泼泼地出现在他膝盖上搁着的画板上。

袁老师极有个性，脾气也大，上课若有学生不专心听讲，也不制止，直接下讲台出教室，扬长而去。但袁老师爱才，有作文写得好的学生，他是极看重的。

袁老师经常走下讲台查看我的作文本，看到好词好句，会拈着黑胡子微笑；若看到敷衍潦草的流水账，马上急眼，拿起本子啪啪啪连拍我的脑袋。

初三下学期，刘老师脱产进修去了，再没见过，不知道去了哪儿，是否还在教书；余老师退休后帮衬着家里看一爿建材店，写写算算，安度晚年；而袁老师，在我们毕业后的第四年，就因病英年早逝了。

5

因为是重点中学，学习抓得紧是必然的，我们班有“牛发狂”这样的班主任，就更不用说。但每天中午半小时和晚饭后一小时的自由活动时间，真是美好极了。

中午，大家会争先恐后抢占那几张乒乓球桌，兴高采烈地往来厮杀。球桌周边和上下教室廊檐下，站满了喝彩助威的同学，得失一分，都会引来一阵欢呼。也有胜负赌注，输的人给赢的人接洗脸水或洗脚水。

晚饭过后，是一段悠闲的时光。同学们三三两两，漫步在学校后山的橘园里。

暮秋时分，我喜欢一个人看日落，看太阳一点点沉入远处的山峦，蓝天渐渐变成深深浅浅的黄色，飞起满天彩霞。山坡下的农家瓦房里，冒出袅袅炊烟，荷锄晚归的农人踩在田埂上的身影如剪影一般，有令人感动的美。

橘园里溜达的同学，多数都拿着书，或倚树朗读，或寻一块石头坐下默念。女孩喜欢三两成群，在一起说说悄悄话。有个同学叫昭夏，是某位老师的女儿，长得特别漂亮，一双大眼睛水汪汪的。她有时邀我去山顶唱歌、谈心，我们背靠着背，唱一些新学的歌，《兰花草》《一剪梅》《小城故事》……这些歌在暮色中轻轻哼来，有无端的寂寞和神秘。昭夏悄悄告诉我，她喜欢上了一个男生，她把写满了小心事的日记给我看，那些词句，又喜悦又忧伤。可惜红颜薄命，昭夏走时才二十出头，逝于情伤。

学校那时也常举行小型的比赛，或诗朗诵，或唱歌，还有一次居然是演讲比赛。比赛时，主持人和选手就站在最高一层教室前的台阶上，全校师生搬着凳子坐在第二层那块空地里。

我们那群土里土气的孩子，傻乎乎地看着几个教职员工的子女在班级讲台上做示范，新奇得不得了，暗地里摩拳擦掌，却又不敢报名参赛。那一阵子的清晨，学校的起床铃声响起之前，不少同学已在橘园里悄悄练习。

6

学校重视体育，有支十几人的校队，男女生各一半，队长是学校唯一的一名体育老师，男的，姓李。

进校队的多半是高大魁梧、身强力壮的同学。早晨一小时训练课，下午还有一堂，这对被“牛发狂”逼疯了的同学们来说，实在是太有诱惑力了。但我们班只有我和另一个同学是校队的。校队主要是打篮球，县里各兄弟学校之间经常举行篮球比赛，我们学校的男子篮球队和女子篮球队，在当时颇有名气。

李老师大学毕业不久，比我们大不了几岁，人极和善，跟大家说话时很客气。我们一帮女生，每次训练时都嘻嘻哈哈，要不说头疼，要不就骗李老师说例假来了，想方设法偷懒。李老师也不说破，只是好言好语地求大家认真训练，说不然在校领导那儿交不了差。

李老师个不高，但球打得好，三分球极准，我们都特别崇拜他。我很喜欢李老师，每天都盼着去上训练课，还给自己加运动量，中午和傍晚跑操场去练投球，仿佛不把篮球打好，就对不起他似的。初三时李老师结婚了，我悄悄地哭了一场，埋怨自己不早点长大。

每年秋天，县中学生运动会都在我们学校召开。陡坡边，松柏树下，摆一长溜桌子，麦克风上套着红绸布，学生中临时选出的广播员很神气地站在麦克风前，双手按着桌面，脑袋前探，嘴贴着麦克风，对着几张纸念运动员的名单及出场顺序；广播员边上坐着县里来的体育老师，充当讲解员；边上再坐些领导、老师。而树荫下、台阶上、操场四周，都围着一群群观战的学生，也有学校附近村庄里的农人来看热闹。

尽管生活很艰苦，学校却有统一校服。每个班级都详细登记了每个同学的身高腰围臀围尺寸，极合身。校服是深蓝色的卡其布，上装是小西装款，裤子居然是当年流行的小喇叭裤。

运动会的前几天，学校就开始挂横幅、插彩旗，热闹得很。运动会当天，全校学生统一着校服，过节似的。我那时凭一身蛮力，是本校运动队中的中坚力量，标枪、铁饼、铅球那是必选项目，偏偏还跑得快，五十米短跑也就顺便跑了。那时赛事流程不严，某个运动员临时退赛也是有的，就由其他同学换上，所以跳远、跳高、单双杠这些项目我也都玩过。

奖品实在，不是饭盆，就是带盖缸子，搪瓷的，还烫着字，“桃源县第几届中学生运动会第几名”。领奖台就设在台阶上，颁奖人站在最高一级正中，获奖者一步步走上去，万众瞩目，自豪得很。领完奖后，获奖学生就站在颁奖人后面，等下一个上去。奖颁完了，大家一齐鼓个掌，运动会就圆满结束了。

7

初中毕业后，我与当年的同学老师都没有联系。我不知道他们在哪里，也不知道学校是否还是旧时模样。我经常记起校门口的那条水杉路，铺了一层金色的杉针，美得特别不真实。

前几年，有同学打听到我的下落，恢复了联系，后来又组建了一个同学群。在群里，我向大家打听学校的近况，才得知当年的盛况早已不再。

学校先是跟镇中合并，所有教职员工迁往镇上；当地的乡村小学搬进了学校，中学变成小学；再后来，乡村小学也撤了，所有学生转入镇中心小学，学校于是彻底废弃。

去年底，一个阴雨天，我驱车前往这个背靠青山面朝宽广田野的母校。

我差点找不到学校了！

记忆里的水杉路不见了，大棵水杉锯掉后的树桩，如伤疤一样裸露在光秃秃的泥土上。操场前方高高的白杨树也砍尽了，灌木丛还在，与操场中间的杂草连成一片。操场西侧的篮球场上，有两幢民居，一幢刚建成，房前还堆着建筑材料。东侧操场，已经成了一片被蓝色铁皮房占领的简易工地。

石头台阶已破损不堪，两边土坡上的芙蓉树全无踪影，参差不齐的杂草灌木纠结在一起。再往上走，那两排红砖房子还在，木门破败、玻璃残缺，在阴雨中显得那样荒凉。一群鸡在空地上来回走动，是这个场景里唯一的生机。

我没有再往里走，转身向下，回到车上去。

离开学校的路上，我没有回头再看一眼。

车子奔跑在水泥县道上，车载音响里正放着一首姜育恒的《再回首》。不知怎的，我竟然就无声地哭了起来。

2013年4月8日

下篇//

紫藤花影听禅音

普彤散记

1

四年前的春天，我去葫芦岛某海军基地看望服兵役的外甥，返程时停留北京一晚。次日乘火车到河北南宫市，于黄昏时分抵达普彤寺山门外。

那时，落日的余晖洒在寺外的湖泊上，湖面波光粼粼，荷锄晚归的农人与我擦肩而过，微笑着点头打个招呼，而空气中是寺后的苹果园飘来的淡淡花香。我叩响山门，进去探访住持果清法师，以及正在寺院寂静的藏经阁里埋首写剧本的几个朋友。

那是我第二次到普彤寺。

一月前，我会同哈尔滨的水心，去寺院看望欧阳和他的创作团队时，曾在寺院小住三日，每日闻听晨钟暮鼓，跟随师父们过堂上殿，留下了一段美好的记忆。

据《南宫县志》和清光绪十二年（1886年）重修普彤寺塔

碑文记载，普彤寺建于公元67年，比洛阳白马寺早一年，委实是中原第一佛寺。现任住持果清法师，是个未及而立、眉清目秀的年轻人，十八岁那年秋天在河南安阳出家为僧，后入广东曹溪佛学院研习佛法，一年后进普彤寺。欧阳和法师是相识多年的好友，故选择将团队带到寺院创作、研讨剧本。

小僧前来应门，双手合十眉目含笑，将我迎进院子，经过天王殿目送我入西侧塔院，绕过高33米呈八角形楼阁式九级实心砖的普彤塔，进入女居士厢房。放下简单的行李后，我回到东院，走进天王殿后左侧的藏经阁。

欧阳他们对我的到来没有丝毫惊讶，大家从电脑前抬起头打声招呼，即各忙各的。寺院饭点已过，红姑娘给我倒杯水拿几块饼干，权当晚饭。

欧阳、老明、王导、小方和红姑娘，这五个来自各地的朋友盘踞普彤寺，为欧阳的传媒公司撰写剧本。欧阳是福建人，长住北京，半生与文字打交道，刚自东南亚及中东游历归来，沉潜心思重新规划事业与人生；新疆人老明，酒量跟文字一样出神入化；王导白净斯文沉默寡言，其形象与山东大汉身份颇不相符；小方研习中医，多情浪漫，被大家戏称“情种”；红姑娘乃大四学生，欧阳的弟子。

寺院里种了很多梧桐树。正是桐花盛开的时节，花香飘在空气里，散在渐渐暗下来的暮色中。

我和红姑娘坐在观音殿的台阶上轻轻说话。红姑娘说，天气晴好的时候，闭目坐在寺院后面苹果园里会听见花开的声音；红姑娘又说，四个男生相约去剃光头的那天她哭了，害怕大家一起出家把她一人留在红尘中；红姑娘还说，深夜的时候会有一点点饿，会想念完大鱼大肉再深深地责备自己。四周静静的，大雄宝殿摇晃的灯光照着红姑娘年轻的面庞，一切都很美好。

午夜的时候，果清法师自外云游归来，送给我一面小小的圆镜，叮嘱了几句，大家道声晚安各自回房休息。

夜晚异常安宁，风吹塔铃的声音钻进梦里，隐约婉转到天明。

2

中饭过后，我回房间拿钱包，打算去市区给大家购置一些食物和日用品。我打开手提袋，没有找到钱包；然后又翻背包，仍然没有；我把被子抱到隔壁床上，将手提袋和背包里的东西全部倒在床铺上，依然没有钱包的影子。我慌了，赶紧叫来红姑娘跟我一起找。我们把房间的四张床翻了个遍，又把桌子上下、抽屉里外、所有可能和不可能的地方都翻了个遍，除了手提袋外侧小口袋里零零碎碎的三十几块零钱，我的钱包无影无踪。

我发觉自己变成了一个地地道道的“盲流”：身无分文，又丢身份证。这真是件痛苦的事。

小方攀上院墙寻找蛛丝马迹，他的矫健身影让我和红姑娘目瞪口呆。红姑娘说：“小方呵，若一万个人中有一个人有你这样的身手，那咱们的钱只能缝在袜子上踩在脚底下啦！你那分明就是一江洋大盗的身手呵！”

老明是个低调的人，他的低调表现在弯腰察看每一片草丛、每一根树桩、每一处垃圾堆时的从容不迫不动声色。实际上，老明的眼神之敏锐毒辣时时刻刻都在提醒你不能干坏事，干坏事必定会暴露！这是老明多年挖掘各类社会新闻培养出来的职业病后遗症。

果然！老明有重大发现！老明发现了一只可疑的鸟窝！

老明小心翼翼捧下那个拳头大的鸟窝时，我和红姑娘笑得差点背过气去。红姑娘捶着我的肩膀说：“姐，你这可真是逼良为娼啊！连鸟儿都成了犯罪嫌疑人，这世上还有好人不？”

黄昏时，我们放弃了寺院内外方圆几平方公里打草惊蛇的各种折腾，聚于普彤塔下重新分析案情，从我进入寺院开始，对所有进出过寺院的人都进行了有罪推断。从进寺烧香的香客到寺院挂单的行脚僧，再到给寺院做义工的居士、志愿者，我们惊恐地发现所有的人都生就一副贼眉鼠眼的样子，任何一个人都有可能见钱眼开。

宣布钱包已经不属于原主人是件为难的事，这种事情也只有王导这种深沉内敛的人才适合做。王导推推高度近视镜，沉痛地说：“钱包没了，你节哀吧。”

欧阳是在第二天中午时分，得知已经有钱款汇入我手中的。那厮火冒三丈暴跳如雷，把提供卡号的红姑娘骂了个狗血淋头、体无完肤。

欧阳骂我的时候我已经有了思想准备，但那厮张牙舞爪的肢体语言，把我吓得瑟瑟发抖泪如雨下：“你把我当过兄弟吗？有你这么羞辱人的吗？你这么做等于是拿鞋底抽我！你走吧！我再也不要看到你了！”

而果清师父一边跟我道歉一边往我手里塞钱，说佛门圣地出了这等尴尬之事，请容许他略略赎一下罪过。

3

一个月后的某一天，我接到一个电话，问我是不是某某，我说是；问我是不是丢了一个钱包，我说是；问我为什么不跟他们联系，我疑惑地问对方是谁，电话那头年轻女性的声音悦耳动听：“我这边是中国青年旅行社北京西站店，有个钱包丢在我们行李房里，一直没有人跟我们联系，万不得已，我们打开了钱包，发现了您的身份证，但钱包里没有联系电话，我们通过站前派出所，联系到了您身份证所在地公安局，找到了您的家人，得到了您的电话号码，特打电话给您，通知您取走您的钱包。”

我的汗唰地流了下来。

我不好意思跟任何人讲我的钱包找到了。当初言之凿凿确信无疑地说在寺院丢了钱包，如今发现这个天大的冤枉和笑话，我怎么面对众人？怎么跟果清法师说？于是我按兵不动，假装什么也没有发生。

可是，每当我看到我的钱包，我就羞愧不安，后来我索性不再用那个钱包。

去年三月，我乘火车到济南，然后转车去南宫，中午抵达普彤寺。在寺外大堆大堆沙土边，我找到了果清法师。法师微笑着看我风尘仆仆走近他，问我近来可好。我说我一切都好，就是来看看普彤寺，看看法师。法师指着沙堆告诉我，打算扩建寺庙，修一座佛堂，正在一点点准备，现在的钱够买这些泥沙。我问那何时才能凑够钱呢？法师说不急，慢慢来，一切随缘。

我随法师走进寺院，看见院子里熟悉的一树一木，看见人去物静的藏经阁，有一种想哭的感觉。午饭时念供养偈语，我默默地淌下泪来。

饭后去果清师父的禅房喝茶，我沉默了很久，才鼓起勇气跟法师说起钱包的事。我拿出一沓钱请法师收下，求法师给我一个忏悔的机会。那是当时钱包里的现金，几年来我一直没动。法师温和地看着我，说很高兴我能把这件事情放下。法师接过那沓钱，说会以我父母家人的名义供养两尊佛像。

告别果清法师离开普彤寺时，天色已晚，法师将我送出山门，看着我离开。那时，满天星星倒映在寺院前的湖面上，美得让人心醉。

2013年5月8日

一根烂木头

起个大早。

洗漱梳妆，一碗稀饭两个馒头下肚之后，天才蒙蒙亮。

对于我这种晚上不睡、早上不起的夜猫子来说，起早是件多么痛苦的事啊！有什么办法呢？在这交通几近瘫痪的国庆长假里要上九华山，只有早早出门去。

自打得到宁玲姑娘已到甘露寺的消息，我就没再消停过。为弄到两张无锡至池州的火车票，我摁烂了手机打爆了电话，最后仍不得不选择每天清晨出发的唯一一班长途汽车。在我印象中，汽车就没有准点的时候，所以我赶在公鸡打鸣前就把女儿小宝叫醒。小宝揉着惺忪的睡眼，慢腾腾一边穿衣服一边问："妈妈，你打算送点什么礼物给藏学法师呢？"

哦，天可怜见，在人情世故上，我还不如一个十五六岁的小姑娘。

第一次知道藏学法师，是在宁玲家。

那是一月前的一个雨天，我在宁玲家喝茶，见茶几上覆着一本书，拿起一看，一个美好得让人屏住呼吸的书名跃入眼帘——《愿我来世身如琉璃》。那个下午，伴着窗外的蒙蒙烟雨，闻着室内的袅袅茶香，我和宁玲一段接一段诵读藏学法师的那本充满禅意的书。时间流得特别舒缓，秋意深情款款。临走时，宁玲送我法师的另一本书——《转眼看世间》。几日的阅读，我喜欢上法师的文字，干干净净，清清爽爽，不说教不定义，只在平静的叙述中将一切溯本归源，文中的道理，皆由读者自己去悟。

我从卧室到客厅再到厨房，上下打量不大的空间不多的物什，左思右想也不知道有什么可以拿得出手。我先是拿起个紫砂壶看了看，心说不行，虽说这玩意儿好几百块弄回来的，但我根本不知道真假，万一假的，岂不丢死人了？又拈起串小叶紫檀佛珠看了看，一想也不行，法师乃佛门高僧，岂有我送佛珠给大师的道理？一回首，我看见了置于书架上的一个蛐蛐罐子，朋友送的，高端洋气上档次，想着这可是个好东西，山中清静，弄只蛐蛐放房间里朝鸣夜唱，挺靠谱！小宝看我拿着蛐蛐罐子在手上端详，鄙夷地说："老戴同学，我建议你打消这个念头，佛家慈悲，花鸟鱼虫还是放养的好。"我一听有道理，只得又放下。

我在屋子里转来转去，眼看天越来越亮，红日一下子跃上了窗台，心中那叫一个着急呵！

其实，人家法师并不认识我，根本不会稀罕我的鸡零狗碎，可是，我成天打着大侠的旗号在江湖上晃荡，岂有不讲究的道理？拜见法师，总不能空手哇！

小宝看我没头苍蝇似的满屋子乱转，忍不住提醒一句：“那啥，老戴同学，你不是刨了根木头镇纸么？厚厚重重古朴盎然，我觉得送那个挺好。”我一听，抄起书桌上那根木头，吆喝着小宝就往门外走，急急忙忙奔向汽车站。

下午三点，我们摇晃到九华山脚下。本想着花血本买两张门票，一问，售票窗口一大老爷们儿告知到甘露寺无须门票，二十五元车资即可。我和小宝大喜之时也心存疑惑，心想这是怎么回事儿？岂有搭上风景名胜的顺风车不收门票之理？后来问宁玲，得知甘露寺暂未商业化。

站在绿树掩映的山门前，但见檐下悬挂的两只旧灯笼之后，白底黑字“甘露寺”的门匾镶嵌于明黄墙体上，门匾下的暗红山门紧闭。我抬手轻叩斑驳的木门，还未等门内的应答声起，即见宁玲姑娘顺着右侧的院墙疾步而来，将我们从偏门引入寺院。

在寺院右侧，紧临盘山公路的最后一幢楼的四楼客房里，我见到了不少前来参加“山居秋茗”茶会的朋友。大家来自全国各地，相互间微笑着打个招呼，即各忙各的，为下午五点开始的茶会做准备。

我和小宝跟着宁玲走进大雄宝殿前的院子里，帮着布席。

我分得的任务是搬桌椅打开水，摆弄茶具这些细活儿一向与我无关。

茶会共六席，曰：“墨尘”“闲度”“归去来”“蕉叶下”“空山新雨”“今夕荷惜”。

说实话，我根本不懂茶，亦从未想过要花大量的时间去买茶叶、洗茶具、泡茶、闻香、察色、品茶，光想想这个复杂的过程都害怕。我是个地地道道的粗人，渴了一碗凉白开，一仰脖子一咕咚就下去了；真要喝茶，也是抓把粗茶往碗底一扔，一瓢开水冲下去了事。所以，当我看着大伙儿小心翼翼把几样细巧的器皿摆过来移过去、一会儿排成个“人”字一会儿排成个“一”字时，心里那叫一个着急！

我在昏暗中浮想联翩，有人倒茶我就喝，没人倒我就愣坐着想心事。茶席的前半场不许说话，院子里静悄悄的，只有烛光在微风中摇曳，茶香缭绕在蕉叶翘檐间。茶席的后半场，大家走动交流，轮流品茗，我却仍在“墨尘”席上没挪地方。逮住个机会，我悄悄把烂木头的来历细细告诉了宁玲，那厮拿过木头人五人六地闻了一通，坚定地给我指明了方向：“估计不是什么好东西，重点述说你亲自劈、刨、磨的诚心！”

茶会散去已是深夜，山里的夜空星星很亮，我跟小宝比较了一下湖南老家的星星和九华山的星星，最后得出结论还是老家的星星更亮。盘山公路上时有车辆上下，车灯耀目笛鸣惊心，我在窗前看着不免有些心烦。

第二天清晨五点十分，被小宝叫醒，打着哈欠艰难地起床去做早课。我曾两次在河北南宫普彤寺小住，天天下决心要做早课，结果没有一次起得了床，不免惭愧。

简单洗漱一下，即前往大雄宝殿。

我们跟着一众女客站在大殿左侧，我缩在最角落的一根柱子边，生怕引起别人的注意。前面的人都跟着师父有板有眼地念经文，像模像样的，有个女孩子还准备了一个文件夹，一页一页跟着师父的节奏读，令我特别佩服。我一句经文也听不懂，更不会念，站在队伍中纯属滥竽充数。但当佛号声起，我即热泪盈眶，不是欢喜，不是悲伤，也谈不上感动，说不清是为什么。

我悄悄抬起头，细细打量供桌前的住持藏学法师。他中等个头，在案前上香、跪拜，举止优雅，神情庄重；偶然间，见他捂住嘴偷偷打一个哈欠，肃穆中平添了一些调皮，令法师原本超然尘外的高深顿时接了地气。我不禁偷偷笑了起来。

早餐稀饭馒头，六点半开饭，参加的人不多。我坐在排首，看着法师过堂。饭前念供养偈语，师父们一开口，我又哽咽了。我估计我迟早会皈依我佛。

饭后，宁玲领我去“启圣楼”拜见法师。去了几次，都没见着。假日期间，人多事杂，法师既为寺院住持，又掌管九华山佛学院，大小事务缠身，竟是难得闲下来。

我们坐在一楼的书房里喝茶闲聊。法师巨大的书桌置于房间正中，桌上随意摆了不少杂七杂八的物件。房间临窗的空间放了几把椅子，供客人小坐。隔着桌子的对面墙上挂了一大块木板，木板上方是一行法师的亲笔字——“有朋自远方来不亦乐乎”，下面是大片空白。

时近中午，我终于在“启圣楼”外的草地上见到了法师，法师正和一条名叫“九方”的小狗纠缠不休。九方咬住法师拿在手上的棉背心不松口，法师试图从狗嘴里夺回他的衣裳，战局暂呈胶着状，一时间胜负难分。围观众人哄笑，法师慢条斯理地说：“谁家的狗呀，这么不讲道理。”宁玲笑着告诉我，那狗是法师在外面捡回来的。

我趁机又把烂木头拿出来，给这个看看、给那个闻闻，盼望有人告诉我那是根好木头，是珍贵的红木，很值钱。大家都装模作样地品鉴一番，然后摇摇头，表示不识货。

法师终于结束了与九方的缠斗，走进书房，众人尾随其后。我跟在最后，把烂木头悄悄塞进背包，挑个角落坐下，听法师跟众人说话。过会儿，法师忽然指着我说：“你来，坐过来。”法师跟我说话，言语幽默亲切，完全没有架子。

法师给我手上的两本书签名——《愿我来世生如琉璃》和《转眼看世间》，我已在去九华山的路上看完第二遍。法师签上“藏学”二字，落上日期款。法师的字自然质朴、童趣盎然，如法师跟众人聊天时露出来的天真模样。

正午，我和小宝告别法师踏上归程。出房门时，我悄悄把那根烂木头放在了书架上。

坐在甘露寺山门前等下山的过路车时，我接到了道爷的电话，那厮说："这两天闭关没开机，刚看到你的信息。我真服了你了！那哪是根烂木头，那好歹是海南黄花梨呀！"

阿弥陀佛！

2013 年 10 月 18 日

生的暇隙

北京的小燕子到大理的时候，我已在樱花丛中住了半月。大理四季有花，一茬谢了，一茬又接上。密密匝匝的樱花铺天盖地，正是三月之初，我离开江南的家，在苍山一麓赁屋而居。半年来，这是我第三次到大理。

站在大理大学的樱花坡上，可以看到洱海对岸的罗荃半岛。如果天气足够晴朗，能发现半岛上那幢白色的四层小楼；若有风，楼前宽阔的草地边成排的棕榈树，便随洱海起伏的波浪一起摇曳。

小燕子到的第二天，我们租一辆车，从龙龛码头出发，沿环海西路往北，绕洱海一天游。司机杨大哥是大理白族人，温和热情。一路上，我们且走且停，每遇美景，杨大哥必会主动停车，让我们尽情拍照。天蓝得出奇，阳光明媚得出奇，大理的滴滴快车便宜得出奇，我们的心情好得出奇。

洱海形状狭长，水体清冽，沿岸遍布风景名胜，当崇圣寺三塔、喜州古镇、蝴蝶泉、双廊、南诏岛、小蓬莱等在车窗外一一掠过的时候，会让人生出满心喜悦。

洱海岸边客栈和酒店林立，据传沿湖一圈有数百家，大多装修考究、风格各异，无论走入哪一家，都可讨得一杯茶汤、赏得一段风景。我们走走停停，随机在一些拥湖入怀的民宿作短暂停留，往往，鸥鸟的声音会随主人指间的茶香，浸入我们的心腑。

黄昏时候，我们到达罗荃半岛，在那幢白色小楼前宽阔的草坪里停下车来。彼时，夕阳在半岛对面的苍山顶洒下万道金芒，洱海的湖面上波光粼粼，一群群水鸟漫天飞舞，而眼前的这幢名为“白玛酒店”的小楼，笼罩在梦幻般的霞光里，分不清是真实还是虚幻。

“不知道你们来，否则我可以更帅。”这是中年男子洛桑白玛跟我们说的第一句话，他是酒店老板。白玛穿一件棉质白衬衫，一条蓝色牛仔裤，光头，脖子上的一条佛珠显得他的名字颇有来历，后来得知那是他的上师为他取的法名。

“上师是扎西格培寺的琼巴活佛，可不在朝阳区。”白玛边领着我们参观酒店，边微笑着郑重加一句。

这是一个以蓝、白、棕三色交融装饰的复古地中海风格酒店。一楼有阔大的多功能餐厅，法式铁板烧、西式明档厨房以及本地风味菜交相辉映，有乐队伴奏的夜晚，时光也恍若流逝得更舒缓了些。

拾级而上，蔚蓝色的泳池，垂着藤蔓的长廊，二楼三楼四楼每一个面朝洱海春暖花开的客房，以及客房里从洗衣机到一个小小的别针的陈设，无一不让人感到妥帖。

我在四楼的圈椅里坐下来，闭眼聆听浪花的声音，晚霞洒在我身上。我听见小燕子和白玛的交谈，知道这个酒店是白玛亲自设计施工，花了三年的时间才成了眼前的模样；知道他从百里外的巍山移来棕树，种在门前草地边；知道酒店里的每一件物品，都有各自的故事。

白玛在1996年就拍了一部电影《丐王》，也许我还看过；白玛每年组织“环塔里木汽车拉力赛”，从2010年起每年都坚持做一册《环塔纪事》；白玛还打算出一张唱片，主演一部电影。

有那么一刻，我似乎睡着了，似乎在做梦。明媚的蓝色从天空倾泻下来，流到脚下的地板上，有青草的气息混合在这一片亮蓝里；酒店背后的五彩岩壁上开出了繁花，那一朵朵硕大的、层层叠叠的花，随风飘起无数花瓣，洋洋洒洒漫天飞舞，落在后院一柄柄撑开的雪白太阳伞、伞下的白色桌椅和轻声交谈的情侣身上。我看见夕阳将苍山顶上的积雪映照得光芒万丈，那些绚烂的光辉又反洒在我身上。我变成了一个小孩儿，在追逐一群水鸟和一只鱼鹰。我在梦中笑出了声。

相似的风景里，总有一些不相同的人和物牵引着我去追寻时光的奥秘，当我从圈椅中醒来的时候，夜色已默默地笼罩在眼睫上。身旁的茶几边，白玛在泡茶，小燕子在翻《环塔纪事》，洱海对岸的苍山脚下，正闪烁着万家灯火。

“醒了？喝点茶清清神，然后吃饭。”白玛看我一眼，笑着说。茶是2006年的生普，入口有淡淡的蜜香。“当时有一千饼，全买下来了，可敞开肚皮喝！”白玛说话简短有力，却保持着适度的幽默。

晚饭火锅，配六十六度白酒。我们很快就喝嗨了。

白玛抱出了他的手风琴。不过是学了两堂课，居然就敢自弹自唱！接着又搬出了手鼓，这一样他连正经课也没上过，完全自学成才了。随着白玛高亢雄浑的歌声和手中的鼓点响起，小燕子开始跳舞，我用筷子敲着桌沿助威。直到此时，我才相信白玛说要出张唱片的打算不是信口开河。

有客人来找白玛，白玛意犹未尽地放下手鼓时，我看了一眼手机，已经深夜十一点半了。我们起身告辞。

走出酒店，走进草坪，我们的司机杨师傅仍在安静地等着。

起风了。洱海泛起了波浪，小燕子的头发飘了起来。我们沿着洱海边继续绕行。洛桑白玛和他的“白玛酒店”迷离在我逐渐模糊的意识中。

时间走过三年。

听闻这两年当地政府对洱海周边的建筑进行整顿，靠湖客栈难逃被拆命运。前日在微信朋友圈，看见大理友人上传的照片，一张张已成废墟的图片中，惊见一块眼熟的客栈的招牌！

“白玛酒店”是否安在？

2019年3月20日

梦游归来

初识铁哥，是在杭州桂庐客栈。身着黑色紧身T恤，戴顶英伦风爵士帽的他俨然一个吊儿郎当的公子哥儿。铁哥眯眼学完小白懒洋洋的娇柔，又龇牙扮杰瑞保护小白时的怒容，见我们面露疑虑，铁哥嘿嘿一笑，说那是他们家的一只羊姑娘和一只狗小伙。

“当然，小白是姑娘。”他强调说。

我和桂庐的安泥、哈尔滨的水心决定星夜起程，到铁哥的地盘一探究竟，以满足一下我们的好奇心。

夜色下，我们驱车奔湖州，深夜抵达南浔。街上静悄悄的，古镇已安睡在初秋的凉风中。汽车停在一扇宽大的铁门前，四个扑朔迷离的大字迎面而立——琉璃庄园。天，这公子哥居然是个庄园主!

进入园子，但见花木错落、光影斑驳，灯光从草丛或岩石间透出，摇曳着些许古旧的韵味，一幢幢不明真相的建筑隐约在夜色中。

随着铁哥走进左边一座浙派建筑的四合院，木结构的院落中间有宽阔的天井，四周是层层叠叠的木楼。天井被做成了水池，灯光和星光倾洒在水面上，十分美妙。一只周身洁白的山羊在水池北面的木甲板上闲庭信步，身边昂然挺立着一只黄黑相间威风凛凛的獒犬，可不正是小白和杰瑞！

在小白和杰瑞温驯与警惕交织的目光中，我们进入天井西侧的餐厅，准备喝酒吃肉。就在那当口，楼梯上传来脚步声，下来的是画家沈樾和苏绣大师沈德龙。原来二位爷来找铁哥喝酒，不料铁哥去了杭州，就自顾自喝上且住下了。众人拱手称幸会，相让着落座，喝起酒来。

酒是青梅酒，铁哥自酿的，据说一不小心就用掉了两吨青梅，数量不能说不惊人，但禁不住天南地北江湖朋友的胡吃海喝，所剩已然不多。此酒入口清香绵软，回甘悠长，十分可口。铁哥说，别看这酒貌似温柔，实在放翻了不少豪侠，但我等酒徒哪里肯听，一壶接着一壶，不肯略做斯文状。

一顿酒喝将下来，已是凌晨两三点钟光景，脚下打飘的众人又提议夜游庄园。此时，天空不见月影，群星却正浩瀚，微微凉风拂过园子里高大的树木，叶子沙沙作响，心情着实舒爽。大家随着铁哥七弯八拐，哪里辨得清南北西东，转眼间竟又拐进了园子角落的咖啡馆。铁哥亲自磨豆煮调，一时间满室清香。大伙儿坐在咖啡馆外面的草地上，喝着咖啡聊天，直到东方泛白，方才意犹未尽地飘回各自房间休息。

阳光扑打睡眼，醒来已近正午。

吃中饭时，方知两位沈兄已于清晨兴尽而别，确是艺术家的风范。饭毕，铁哥说，韵珂你和安泥、水心先看看这座浙派四合院，再看看院子旁边的徽派木楼，然后再参观一下博物馆和展览馆。我心里一咯噔：什么？还有博物馆？

是的，还有博物馆，而且规模还不小呢，里面的藏品从春秋到近代，全是琉璃制品，没有一件不是珍品，没有一件没有故事。

无论是春秋的一件塞器、战国的一柄宝剑，还是明代的一方印章，都收藏着自己的身世，穿越历史浩渺的长河，流传到了今日江南的这座庄园。

那一尊汉代的翼虎，承载有多少崇拜和敬仰的目光？在那样一个琉璃远比金子昂贵的年代，一只被神化了的瑞兽，一个被当作格里芬化身的兽中之王，被以精湛的工艺打造成一件晶莹剔透的神器，再经过两千多年的辗转到了现在，它见证了多少荣枯兴替？

这一只北魏的香料瓶，以残片的形式静静地立于灯光之下，清冷而沧桑。想不到的是，它的破碎竟然就在前不久。那一天，铁哥的几位朋友参观博物馆时，看到此瓶实在像陶罐，遂起了争论，但争论无果，因为瓶子肚大口窄，无法窥其内里；又因出土于古墓，一千多年来长埋地下，外表色泽已呈暗褐，确实与琉璃的表象无半分相似之处。就在众人转身离开的一刹那，只听啪的一声脆响，此瓶已碎于展柜之中。众人急忙凑上前看，但见碎片剖面光泽如新，琉璃的表面属性一清二楚，大家一边啧啧赞叹，一边懊悔不已。这只香料瓶，一定出自一个性格刚烈的女子之手，我想。

而那一捧细如沙粒的丝串琉璃珠，晶莹地散落在时光的深处，一颗颗、一枚枚、一串串，流光溢彩、精美绝伦。暗红的、深紫的、明黄的、幽蓝的……它们是如何被打磨成了这样轻盈细小的一粒？是什么样的技艺让它们穿孔成串，如精灵一般从东汉穿越到了今天？

正午的阳光穿过雕花木窗洒在博物馆古老的藏品上，也洒在我们身上。与一般的博物馆不同，这里的藏品没有阴森感，它们古意盎然却始终有种淡淡的暖意。铁哥带着我们穿行在各个展柜之间，有如从春秋战国到今天的一次梦幻旅行。

如果说博物馆是回顾历史曾有的辉煌，那么，与博物馆隔五十米相对的展览馆，则意在检审当下必备的创新。

在那幢两层楼的大展厅里，陈列了琳琅满目的琉璃作品，每一件作品都是精品，都有其特定的内涵。在那里，铁哥给我们普及了玻璃和琉璃的常识：琉璃是古代中国对玻璃的称谓，琉璃即玻璃；但现代意义的琉璃是含铅玻璃，含铅玻璃熔点低一些，折射率更高，色泽更为绚丽夺目。

从展厅入口逆时针往里走，有一两个工作人员在摆放新品，铁哥说那都是他的学生，展厅所有作品都是他和学生们的作品。“呀，今天是教师节呢！怪不得微信一直在响。”铁哥笑起来，样子很像个调皮的孩子。

我们边走边看，边看边在心里默默赞叹。

一件名为《观》的作品，只是一个透明的、不规则的边框，一眼望去，你看到的是这件作品后面的东西：如果这件作品后面是天，你看到的是天；后面是墙，看到的是墙；后面是花花世界，看到的也就是花花世界。这个作品想要表达的是什么？是“观”之无限？可是，它有边框；是“观”之有限？但它连边框都是透明的。我实在想不出，除了琉璃，还有什么材质，能如此淋漓尽致地表达作者内心丰富的情感和审美能力。

一尊未塑双臂的如来佛像，名字叫《不灭》。佛像面部圆润饱满，神情慈悲安详，那满头的螺髻，粒粒丰盈。只是，佛像没有四肢。细细品味，这残缺，并没有影响整尊佛像的完整度和美感。“每个人都是有缺点或缺陷的，就连佛祖也不例外。只有正视缺点缺陷，人格才完整，美才不灭。”铁哥这样解释这件作品。

《心生》是一个女人从一个男人身体里横生而出，男女形成“十”字，有阴有阳，阴阳交错。《圣经》称夏娃是亚当的一根肋骨变化而成，这件作品应该也含有此意。

《蘑菇云》的构成是无数面容痛苦、身体扭曲的人体，他们夸张的面部表情和肢体语言，分明是在进行无声的控诉。

而《影》，却是一尊佛像的剖面，呈现的是人体的内部结构，五脏六腑、骨骼筋络都清清楚楚地立于灯光之下。我始终觉得，这件作品叫《镜》更为合适，因为，所有别的材质的艺术品都只能刻画事物的表象，只有琉璃，能随心所欲地演绎其内里，它是一面能洞察事物内在的透视镜。

二楼展厅中间，展示着一件琉璃大圆盘，上面是几百只憨态可掬的小猪。它们一个挨着一个，面朝圆盘中心，脸上露出茫然的笑容。铁哥说，这部作品的名字是《大锅饭》。我望着这群猪，不禁悲从中来：多数人岂不就是这群猪中的一员？生活在一个四面悬崖的拥堵空间里，终其一生的目标，只是中间那盘猪食。

走出展馆时已是傍晚，夕阳斜斜地照在庄园院墙上的一块木板上，我惊讶地发现，那上面是“归来书院”几个字。我回头望向铁哥，铁哥微微一笑，解释说琉璃庄园就是归来书院，我们看到的浙派四合院、徽派木楼、咖啡馆、博物馆以及展馆等，都是书院的一部分。铁哥用了十年的时间植树种草、修建博物馆和展馆，又从浙江和安徽搬来了四合院和木楼。

铁哥说，他将把这里打造成最有特色、最有情怀的书院，他要让古老和现代交织，让质朴和时尚结合，让时光倒流回三千年前，又随着梦幻般的琉璃作品穿越回当下。

铁哥又说，人生就是一场游戏，但一定要玩得有声有色有情怀。

铁哥还说，他又收购了五十吨青梅，来年的青梅酒可以敞开肚皮喝!

铁哥的书院让琉璃从千年前归来，让青梅从山林中归来，让亭台楼阁从乡野间归来，让江湖朋友从红尘中归来。我到底也没有搞清楚铁哥的身份，但从铁哥送我们的中英文对照的读物《观境》中，我终于知道了铁哥真名实姓——李锋。

2015年10月23日

紫藤花影听禅音

我没有见过比她还典雅的女子。

她喜穿绣衣。土布经蜡染，色或湖蓝，或藏青，或杏红，手工裁剪，掐腰放摆，斜襟布扣，背部肩头袖上襟边嵌入绣片，那绣片乃手工制作，一针一线无不费尽心思。春日午后，她坐在客栈前院的水池边，细细缝制一件绣衣，偶尔抬头望向满院盛开的紫藤花，唇角会抿出一抹安静的笑意。

三年前与她相识时，她刚盘下那个有两进院子的旧客栈，“放不下那些紫藤花。”她对我说。

她是成都人。因婚姻变故到丽江散心时，偶尔路过束河的一家客栈，被院子里的紫藤花海所吸引，那家客栈从此站在了她心里。过一年，听闻客栈转让，她忙汇拢所有钱款，第二次踏入古城，用极快的速度接下了那个院子。

我在秋日细雨中的古城小街与她邂逅，一壶清茶一窗斜雨半日畅谈后，当晚便随她回了家——她说自从盘下院子，院子便是她的家了。

院子在拐柳巷，三岔路口边。路口向三个方向各延伸出一条巷子：其中的两条，街面宽阔店铺林立，车来人往热闹非凡；剩下的一条，是左右两排土墙簇拥成的小巷，她的紫藤花院子，便坐落在土墙上开出的许多门洞中的一个里面。

巷口拐角处有一棵老柳树，枝丫伸展柳条轻摇，马车从巷口经过时，柳条儿会拂在马车上嬉笑的游人头上。

但马车上的人不会注意到土墙门洞，不会注意到其中一个门洞上那扇古旧的木门，以及边上的一块小小木牌，木牌上“吾爱堂”三个字，素净得不抢小巷一丝丝的风头。

那实在是处荒凉的院落。占地两亩多的客栈，在她盘下来前，已停止运营一段时日，无人照管四处破败：枯叶落满庭院、杂草淹没台阶，木地板正在腐朽、蛛丝网缠绕窗台，通往二楼的木楼梯在风雨中嘎嘎作响，连着客厅的玻璃阳光房破碎漏风，雨水正透过缝隙侵入室内。她喜欢的那些紫藤，在连绵秋雨中，也是一片残败。

“紫藤花开时，铺天盖地，非常非常美！”见我盯着那些枯藤干枝发愣，她开口说，“屋顶，窗前，檐下，会被粉紫色的花覆盖，有阳光的日子，花影落进窗内，人似活在画中。”

她带我穿过萧瑟的前院、漏雨的大厅到达后院。在那里，我看懂了她的眼光——后院阔大，面积约是前院的三倍，除了一个宽大的露台，便是空地和树木——四棵高大的梨树，两棵丰水梨两棵香梨，皆果实累累，很多已熟透落在地上，两只松鼠在梨树下跳跃；两棵柿树，稀疏的枝叶间还挂有橙红的柿子；三棵桃树、五棵垂柳、几丛瘦竹，还有数棵不知名的大树……还有池塘！还是口不小的池塘！

看我吃惊的样子，她抿嘴一笑，往后指了指露台，转过身再指一指池塘，告诉我，她要从露台修一条栈道到湖心，水里种莲，岸边栽花，湖心摆一张茶台，放几只蒲垫，品茗，看书，会友，都是美好时光。

“南北两边，各建一栋小木楼，每层各一个房间就好。桌椅茶台床都用原木，床品定制，要最好的质地。卫生间要有大窗户，窗外的树木是现成的，南边的芭蕉，北边的竹子，过一年都长高了。浴缸就放在大窗户边，在那里泡澡，就像躺在森林温泉里。大木格窗子边摆上书桌书架，西边靠湖整面落地玻璃墙，不用伸手，夕阳、星星和波光就可揽入怀中。”她挽着我的手在细雨中漫步，兴致勃勃地规划院子的前景。

“客栈的主题风格是什么？”我忽然想起一个问题。

“禅。”她回答简洁。

“啊？那岂不是落入了流俗？现在打禅意牌子的客栈太多了，都做滥了。”

“任何主题都有人做，有人做得好，有人做得差，这不在主题，是看做的人用不用心。这里是我的家，我不是要纯粹把它当一桩生意来做，我是想要一个契合内心的作品。”

雨下大了。我们回到大厅，坐在戏台边围炉煮茶，戏台四角黑色梁柱上的对联浮雕在雨声中显得暮气沉沉。

“前主人也挺有意思，客栈里还搭了个戏台。不知道都上演些什么曲目？”熟普味道醇厚，一杯在握，谈兴顿起。

“生活节奏越来越快，压力越来越大，前主人大概是想给客人一个放松的平台吧。”她凝视着戏台，眼神里有一些淡淡的忧伤，“但人多是内敛含蓄的，即使心有波涛汹涌，也很难冲破藩篱释放天性。戏台，终究沦为了摆设。”

“其实，何必有戏台。现实生活中，哪里会缺悲欢离合，何处不是喜怒哀乐。”我接过话头。

“是啊！人生如戏，人人都是演员，都在戏中。”她收回目光，低头喝一口茶。

“看来，这个客栈，前主人是花了心思的。这戏台材质，廊柱浮雕，都不是敷衍之物。但怎么看，都觉太沉重了。”我站起身，拍了拍柱子，质地很硬，是上好的木材。

“嗯。我会拆除戏台。木料留下物尽其用，但不会保留任何阴郁的东西。我想营造一个轻松的、洗目清心的家的氛围。”她目光干净，声音清澈，在秋意深重的黄昏有如一株静静绽放的莲。

天暗下来，她进厨房做饭。她做了三菜一汤。开一瓶红酒，我们彻夜长谈。文学、音乐，彼此的过往。她有极高的艺术鉴赏力，也有敏锐的文字理解能力，但来丽江之前，却一直从商，是一名成功的商人。她抛下一切，花重金在此落脚，只为喜欢，只为“听从内心”。

两天后，我离开丽江，和她在雨中握别。

不久，她启动院子的重建工程。她请了丽江最好的设计团队，与他们讨论、磋商，力图让设计团队了解她的想法、她心目中客栈的模样。她在微信中告诉我，设计团队是努力的、负责任的，但还是不能完全明了她的意图。

于是她自己动手，用铅笔在A3纸上构图，勾轮廓、画细节，计算尺寸。三岔路口有家小饭店，她就在那张临街的饭桌上，完成了对院子的全部设计。

那段日子，她的时间是碎片化的，事情太多、休息太少，各种沟通协调、各种计划的落地实施，都是不可想象的工作量。没有帮手，没有可以商量的工作伙伴，一条朋友寄养的阿拉斯加，在院墙拆除、院子变成工地后，成了她威风凛凛的保镖。

古城不能进车，所有的建筑材料都需肩挑背扛。有次，我托朋友去看她，朋友打电话给我说找不到她，电话也没人接，后来发现她穿着工衣、围着头巾跟一群纳西大妈在一起背砖头。她的院子正改头换面。但她有了黑眼圈，笑时眼角有了细纹。

一年后的初秋，当我重返丽江时，她戴着一顶宽边草帽，正带领工人们完成院子后期的细节处理工程。较一年前相比，她黑了、瘦了，高挑的身材挺拔如少女。她精神抖擞目光炯炯，言辞依然轻婉，但语气坚定有力。

两年前那个荒凉破败的院子，如今在她手上完全变了模样。前院主体保留了原有轮廓，把之前的纳西风格做了延续和强化。加固梁柱、更换屋顶、重砌墙壁、分隔空间，是一个非常繁杂的过程。

“比新修一个四合院复杂多了。”她笑着对我说。

院子北侧做了一个水循环系统，砌了一口约三十平方米的水池子，里面种了睡莲，养了鱼群；南侧绿意盎然，在原有花草树木外，新种了玫瑰与芍药；西南角那几棵巨大的紫藤虽然花期已过，却枝繁叶茂，层层叠叠的绿叶如流水一般从房顶漫向每一片瓦楞、每一个窗台。

踏入客厅，迎面而来的细篾垂帘，将几百平方米的空间隔成各个独立功能区，餐厅有流水荷花、古木桌椅，茶室有琴台蒲团、壁画书橱，落地玻璃墙外花影重重、翠色苍苍。而后院，则实现了两年前她对我描述的全部愿景！

她在百忙中腾出时间陪我参观各个房间，“喜舍”“青莲”“虚谷”“虚竹”“当下”“且慢”“至简”“至善”……她这样给十五个房间命名。桌子、椅子、书案、书架、矮几、床、浴缸等等正从全国各地陆续运来，有的已就位。那些长相素朴、品质上乘的家什，经她的手安放之后，恍惚立刻注入了生命和灵魂。不见有刻意营造的氛围，但站在院子的每一个角落，你都能感受到那分安宁、轻松、舒适、空灵的禅意。

又过一月，客栈试营业。她邀请我和另外几个朋友试体验，诚恳地请大家提意见和建议，大到房间格局是否合理，小到一只香炉、一丛小花的摆放是否恰当。那些她淘来的土罐、陶瓶，她从山坡丛林、荒郊野外采摘来的野花、松果，在每一个不经意的角落给人以措手不及的惊喜。

客栈开业后，她总是忙，里里外外要处理的事情很多，她的休息时间并不比修建院子时更宽裕。但不见她焦虑。

进入院子的人，并不都是入住的客人，有很大一部分是慕名而来的观光客。她定下店规，来者是客，要以礼相待，要邀请入茶室，聊天、喝茶、用茶点。她只要有空，必会亲自焚香煮茶，神情笃定温婉。于是在那间明亮的茶室里，那张阔大的矮脚茶台旁，那十几只素色蒲团上，总围坐着天南地北的朋友，或相识或陌生。

夜深人静时，我常常会想起她，想起她的院子，想起后院果然种上了莲的池塘。夕阳下的湖心木栈道上，客人们喝茶、谈心的温暖场景，会时时掀开记忆，映现眼前。

有时，我们会在微信里说几句话，告知彼此的近况，说一些生活中的琐事。她告诉我古城的变化，新旧朋友们的聚散。她说客栈是学校，客人是老师，她是学生：吵吵闹闹的家庭教她隐忍，分分合合的情侣教她慈悲，手把手指导她垃圾分类的外国友人更让她懂得珍惜缘分。

她时常更新她的朋友圈，一点干净的文字，几张随手拍下的照片，一些不期而遇的人和故事，平凡日常，但美。

春天时，她打电话给我，说天蓝极了，紫藤花开得旺盛。收养的流浪狗、古镇的流浪猫喜欢在紫藤花影里穿梭嬉戏。附近的孩子们常来院子里玩儿，逗猫、遛狗、看水池里的鱼儿游来游去。

她文字简洁，言语轻软，不锋芒毕露，不大喜大悲，只把一切嘈杂归于风轻，一切繁复归于云淡。

她很美。由内而外，从气质到容貌。

她的名字也美，叫锡雨。

2019年1月16日

冰凉的魅惑

1

这是来云南的第七十天，也是从哈巴雪山归来的第九天。

我坐在束河古镇一个靠山院子的顶楼房间里，看着窗外连绵的屋宇喝一杯花茶。五月的风透过木质窗格拂在我及腰的长发上。阳光很好。高大的泡桐树淡紫色的花，就在院子里盛开，只需微微侧过脸去，玉龙雪山便也收入了眼底。

数日来，我一直有点恍惚，充满匪气的湘西北我的故乡，温润的江南我定居的地方，离我越来越遥远。

当夜空下古镇的灯火在窗外闪烁时，我会有短暂的疑惑，不知自己是在哪里。夜深的时候，灯火暗淡，天空铺满明亮的星星，玉龙雪山凛冽的容颜若隐若现。

半月前的4月19日，我跟随一群新老朋友，攀登了玉龙雪山南一峰。那是我第一次徒步亲近雪山。

我们一行十四人，从海拔3100米的山脚处出发，经过六小时跋涉，终于站在了海拔4300米的南一峰顶上。彼时，九级大风呼啸在耳边，我们必须弓起腰来，将上身紧紧压在登山杖上才能站稳。大风吹来大团大团的云雾，离我们咫尺之遥的玉龙主峰，隐约在眼前。往下看，山脚下的村庄正沐浴在温暖的阳光里，而山顶上的我们，却被包裹在大风、阴云和冰雪之中。

玉龙归来，我又报名加入了“丁丁户外”组织的“哈巴雪山登山队”。

我先回了趟大理，退租了位于大理大学樱花丛中的一处临时住所。在那个抬眼即可看见洱海的院子里，我度过了一段安静的时光。五十几天里，我每天从山坡上的大学村往下走到大理古城，寻一处院落，啜一杯清茶看几页书，有时码几行字，再从古城走回大学村。往返十来公里的路程，上上下下几百米的海拔升降，满眼的花木，走得满心欢喜。我由最初的气喘吁吁，很快就心平气和。那一段时间的行走，为我的雪山之行打下了基础。

从大理回到束河的当天晚上，哈巴雪山登山队在K2咖啡馆举行了一个小小的科普会议，主要是针对像我这样毫无经验的初入者普及一些必要的登山知识。主讲人是老邬，他是此次登山行动的队长。

老邬口才很好，幽默风趣，基本算是出口成章。此人攀登哈巴雪山十五次，成功登顶十二次，另三次都是因为天气原因，到达绝望坡后撤退。

老邬另有一绰号“老污”，很明显，这家伙五毒俱全，且视底线如无物，这从他给“丁丁户外”的校长、登山队的副队长丁丁创作的“丁丁之歌”就可看出一二：

妈妈。

干吗？

丁丁爸爸哪儿去了？

滚你妈犊子，我哪知道。

他是不是又到雪山去了？

谁知道他死哪儿去了。

他是不是又鬼混去了？

草！我也很久没有用他了！

……

登山队交给这厮带领，老天会不会给点颜色看看，可真说不准。

科普会议的第二天，即22号早晨，我们从束河出发，前往香格里拉县三坝乡哈巴村。

二十一人分乘四辆车，沿大丽高速一路向西行驶34公里后，进入国道214，再沿金沙江向北走约38公里，进入虎跳峡镇，吃中饭。

一路上到处都要收门票，一段路、一片景、一块丛林、一截江河都是人家势力范围，没有钱就不能进入不能观赏，至于钱去了哪儿，比丁丁爸爸去哪儿了可要复杂得多。

过虎跳峡，汽车向右转入东环线，继续北行61公里后，到达哈巴村，众人入住“哈巴雪山客栈”。客栈老板老马，回族人，烧得一手好饭菜，尤其鸡汤十分可口。

哈巴村是个纳西族村寨，位于哈巴雪山西面的山脚下。站在客栈回廊向外张望，雪山近在眼前，山顶的积雪清晰可辨，似乎一抬腿就能登上山顶。

天气晴朗。大家稍作休息后，前往30公里外的白水台热身。白水台是个道场，相传东巴人的始祖“东巴什逻”在白水台修炼成道。

攀爬白水台时我有点累，这让我再次怀疑自己的体力。去玉龙雪山时，本来以为我不可能登顶，没想到登顶非常顺利，这才临时加入了哈巴雪山登山队。白水台这点高度，居然感觉累，大概是前天徒步玉龙雪山，体力还没有恢复过来。

半月形的白水台层层叠叠向下铺展，水如凝脂，一层层缓缓往下流淌。山坡上长满了栎树，树干遒劲低矮，叶片繁茂。林中有一黑水潭，清澈的泉水从潭中流出，顺着小水沟流向山下。

傍晚回到哈巴村。客栈餐厅已摆上丰富的晚餐，鸡汤鲜美，菜蔬可口。食材由丁丁校长从束河运上来，他作为此次登山队的副队长，主管后勤补给。

饭后举行了小小的晚会，东林哥弹吉他，众人唱歌。东林哥是音乐人，其作词作曲的《思念观世音》《欲界》，在这样的夜晚听起来，十分感人。

月色温柔。哈巴雪山在月光的照耀下，晶莹而亲切。

2

清晨，一阵婉转的鸟鸣打破寂静，哈巴雪山在晨曦中露出了清晰面容。

早餐是鸡汤面条，趁热吃上一碗，再喝上一杯热茶，心里也热乎乎的。

吃饱喝足后，全体人员集合，扯上一块印有“预祝丁丁户外全体队员哈巴雪山登顶成功”字样的红布条，在清冷的晨风中拍了几组照片，算是有组织有纪律有仪式。

九点二十分，这支由二十一人组成的登山队，会同当地的高山协作人员（以后简称高山协作）六人，牵着六匹驮物资、三匹载人的马，开始向海拔4100米的哈巴雪山大本营进发。

哈巴雪山顶峰海拔5396米，是云南境内第四高峰，自1995年被人类首次登顶之后，为外界所熟知。近几年，随着云南旅游业和登山运动的发展，从哈巴村到大本营、再沿雪山西北坡攀爬登顶的线路逐渐成熟，很多登山爱好者往返于这条崎岖的山路上。

天阴了下来，气温也随着海拔的升高逐渐降低，队伍行进的速度却没有放缓，每个人情绪都很饱满。

这支临时组建的登山队，除正副队长和少数几个资深驴友外，大部分成员都是新手。队中年龄最大的是娄老师夫妇，都是五十六岁；最小的杨导，二十岁出头，负责拍摄工作；娇滴滴的宁波女孩儿阿珂是播音员，声音和容貌一样迷人。娄老师夫妇和阿娇体质较弱，选择骑马上大本营，以节省体力，准备明天冲顶。我因为有了19号玉龙雪山南一峰成功登顶的经历，一时豪情万丈，自然选择了全程徒步。和我一起勇往直前的还有两个女生——十几岁开始户外运动的若黛和“丁丁户外”的工作人员龙玛。

山中景色很美，随处可见种类繁多的高山杜鹃。当海拔上升到3500米时，透过杜鹃花丛回望，山下的梯田、栅栏和村庄已微缩成童话世界。

正午时分，我们抵达海拔3600米的路餐处。这是一间小木屋，屋外有一眼泉。山中不缺柴草，我们围坐在屋外的火堆旁，开始就餐。

路餐是头天晚上在客栈烙成的肉饼，被一个个胡乱扔进火堆，再胡乱塞进嘴里。火堆上的大铁壶，发出“咕嘟咕嘟”的水沸声。

路餐后稍事休息，队伍继续前行。当海拔上升到3800米时，高大的云杉由苍翠变成嫩绿，杜鹃花开成碗口般大小的绣球，枝干也变得更为高大。再往上，植被就渐渐稀少了。

天气继续变冷，开始下雨了。起初是细小的雨丝和雪末，逐渐飘成了雪花和冰粒，我的红碎花布帽子很快浸透，单层的抓绒服也已潮湿，速干T恤加抓绒服已抵挡不住寒气，为保住体温，只好在越来越泥泞的山路上尽量加快脚步。好在登山鞋是高帮的，泥水只淹没了它的外表。

抵达大本营时，雪停了片刻，东林和拖顿卸下背包摘掉帽子和防风镜，面朝雪山五体投地磕起了长头。我赶紧从背包里翻出冲锋衣穿上，止住身体的瑟瑟发抖。

大本营由几排木头房子组成，有简易的床铺和薄被，限电，手机没有信号。当马匹驮着物资到达营地之后，我们埋锅造饭。高海拔做饭必须使用高压锅，一锅香肠焖饭，一锅西红柿蛋汤，足以温暖疲倦的身心。

雪下大了，营地白茫茫一片。晚九点，天空依然明亮，人马却已纷纷歇息。为了明天的冲锋，大家必须养精蓄锐。此时营地上停驻有四支登山队，前三支都先于我们抵达，也都已休息。

我在烟熏火燎的柴房里，边跟几个纳西族的高山协作聊天，边烘烤潮湿的衣物。在这个大雪纷飞的高山上，萍水相逢的陌生人言语诚恳，亲如家人。

夜半回房，同伴们都已入睡，而我在高原失眠的毛病，又一次重现。

大风呼啸。从木头墙壁的缝隙里透进的风，冷飕飕地打在额头上，大雪已堆平房檐下的台阶。我倾听风声，听见大风从雪山顶上奔跑着进入营地，拍打我们栖住的木头小屋；听见乱石嶙峋的冰川上破空而来的凛冽，它们发现了我的不安。

我来例假了。

从山脚到营地的六小时里，我的衣服和头发被雪水浸湿，此刻，无边的寒冷正一寸寸透进我的肌肤。

3

凌晨四点，我们踏入漫天冰雪之中。

十八名队员加四个高山协作，从营地往山上缓慢蛇行，头灯照着前面队员在雪地上踩出的脚印。一小时前，另两名高山协作带着娄老师夫妇和阿珂已经出发，此刻，他们头灯发出的光亮，就在我们前方的山坡上移动。更高一点的地方，是另外三支登山队模糊的光影。

吹了半宿的大风停了，雪花落在脸上，有细碎的凉。

离天亮还有三个多小时，大家的身体似乎并未醒来，队伍在沉默中行进。走在最前面的是队长老邬，飞毛腿拖顿次之，我紧跟其后，若黛及其他队员排在我身后，队员与队员之间仅相隔一两步，急促的呼吸声清晰可辨。几个高山协作在队列边上照应，随时准备出手相助。

队伍往上攀登了约一百米后，第一个高山反应者出现，只好由一位高山协作带着撤回大本营。那是来自广西的年轻壮硕的潜水教练，一路上，他一直口若悬河给大家普及潜水知识及户外徒步经验，我之前一直以为他会是最先登顶的人。

在海拔4300米处，我们追上了阿珂和娄老师夫妇。阿珂因感冒引起的高山反应十分严重，走一段呕吐一次，却一直坚持着向上，这让大家心生佩服。

天蒙蒙亮时，又起风了。风夹着冰粒抽打在脸上，又冷又疼。天色未明，防风镜还未戴上，围脖和眉毛上落着的雪迅速结冰，脸很快就被冻麻了。

因为没有经验，我买的是一副薄绒手套，既不防风也不防雨，冰雪落在手套上，漫漫融化渗透，浸湿了内里，手指很快冻麻木了。我跟离我最近的拖顿说了下手套的情况，他二话不说脱下他的防风厚手套，跟我换过来。

风越来越大，间隔的时间越来越短，我们必须要随时将上身压在登山杖上，以抵御大风的撞击。队伍渐渐分化，天亮时，我发现我跟拖顿、若黛脱离了大部队，远远走在了前面。所以，当大部队在海拔4600米处下达撤退指令时，我没有听到，而走在我前面碎石坡上的拖顿不知何故突然加速，迈过几块大石头后，跟我拉开了长长的间距。

风裹着雪继续呼啸，我依旧懵懵懂懂地往前走，希望追上拖顿。当拖顿的身影终于消失在风雪中时，我回望来路，除了身后的若黛，只远远看见几个下撤的背影；往前看，离我和若黛最近的一支登山队，已在遥远的山梁上。那一刻，我感觉孤独和恐惧扑面而来。

没有向导指引，独自下撤是不可能的，因为下山远比上山危险，登山运动中百分之七十的事故，都是发生在下山途中。我没有任何登山经验，也不知我们的队伍是否会派向导来接应我们，唯一能做出的选择，是追上前面那支登山队。

那是一支由八个青壮男子组成的比较专业的登山队，要追上谈何容易！但人在紧急状态下，潜力是巨大的。在没过小腿的雪坡上，我深一脚浅一脚地往上跋涉，似乎已经忘记了这是在高海拔的雪山上，忘记了每一口呼吸都伴随有剧烈的心跳。经过一场做梦一般的追赶，我和若黛终于赶上了那支队伍。

风越来越大，雪已齐膝，每前进一步，都异常艰难。这时的海拔已是4800米，测风仪显示的风速已超过九级，继续攀登艰难，放弃却也遗憾。

八个年轻人经过短暂交流，决定暂时停止前进，看最早出发的两支登山队是否回撤。几分钟后，前方雪坡上出现了回撤的人影。这一刻，哈巴雪山上的四支登山队，都彻底放弃了对登顶的努力。

下撤的人群中有拖顿，他在海拔5000米处停止前进，随第一支登山队撤了回来。他在碎石坡上听到了下撤的指令，但他下定决心要拼一把。但幸好，恶劣的天气没有成全他——他的手指在潮湿的薄绒手套里已经冻僵，若继续留在山上，势必会冻伤致残。

海拔4800米的山坡上，我、拖顿、若黛三人站在齐膝的深雪中相对无言。我和拖顿哆嗦着交换了手套，他的一双手已冻成酱紫色，触碰处如铁般坚硬冰凉。

回撤途中，队长老邬派出的高山协作也找到了我们，我们很快跟大部队会合，一起在猛烈的风雪中撤向大本营。

4

又是一夜暴风雪。

凌晨两点，我听见隔壁房门被敲响，风中传来断续的问答：

“老邬，老邬……醒了吗？”

“醒啦。天气怎么样啊老杨？”

“不行啊……最少是八级……”

“那走不了哇！”

“肯定走不了……睡觉吧……”

高山协作老杨的脚步声远去了，大风继续拍打木板壁。

邻床的龙玛翻了个身，迷迷糊糊地问我几点了，我回答说两点。对面床铺的若黛打开手机看了看，微弱的灯光照亮了若黛若有所思的脸。靠门口床上的阿珂还在沉睡。另一张床铺是空的，娄嫂已经下山。

这个晚上，我们的队伍撤离了一半，留在大本营的登山队还有半支，另外三支队伍也已撤回山下了。

留下的十二个人，准备于今天向顶峰再次发起冲锋。五个女队员中，有四个选择留下，就连被高山反应折磨得奄奄一息的阿珂，也坚定地表示要奋斗到最后。

我悄悄起床去卫生间，打开房门，风挟着雪呼啸着卷进来，扑了一脸一身。凌晨的天空并不全黑，雪光映照下的营地有模糊的轮廓，几幢木头房子在风雪中默然站立，似乎也在侧耳倾听雪山的动静。

营地的简易卫生间离房间挺远，踏雪过去要穿过一片小树林，夜里新积的雪覆盖了小路，我竟走错了路。回来后，小腹仍在隐隐作痛，阿珂递给我一片暖宝宝，我贴在腹部，希望疼痛有所缓解。

重新躺回床上后，我依然不能入睡。高山反应是个奇怪的病症，它让有的人头疼，有的人呕吐，有的人喘不了气，有的人不能入睡。每到高海拔地区，我就失眠，神经处于异常兴奋状态，它好像一直在高速运转，试图捕捉每一个传回大脑的信息。在这个风雪之夜，我忽然对失眠产生了恐惧。我觉得我的体力正随不肯休息的大脑一点点消耗，而我的血液正在流失，手脚越来越冷。

七点多的时候，风停了，太阳忽然跳出了云层，将大本营温暖包裹。哈巴雪山上碧空如洗，顶峰的积雪在阳光的照耀下闪着诱人的光泽。

我们快速吃早饭，整理登山行装，背上路餐、冰爪、冰镐，拿好登山杖，于八点整从大本营出发，向顶峰发起第二次冲锋。

哈巴雪山最晚的关山时间是下午两点，若登顶，必须要在下午两点之前从顶峰回撤，否则将十分危险。从大本营到海拔5100米的绝望坡，一般需要五到六个小时，从绝望坡登顶需要两三个小时，所以，攀登哈巴雪山一般都选择在凌晨四点前出发，以确保时间够用。此刻，离关山时间只有六小时，除非天降神力，不然很难在区区六小时里完成任务。但我们依然决定奋力一搏。

向顶峰进军的有十一个人，石头留守营地给大家做饭。编队按体力分先后，队长老邬领头；我排在队中，跟在副队长丁丁身后；阿珂排在队尾，由一名高山协作专程协助。

从大本营迈出的第一步起，我就十分难受。我的腿是软的，呼吸是急迫的，昨天下撤时摔伤的右臂稍一用力就疼，登山杖只能靠左臂独力支撑。跟着队伍上升了约50米后，我停下重如灌铅的脚步，大口喘气，只觉得血液在哗哗流失，意志正在涣散，身体的每一个细胞都在发出请求：回去。回去。回去。

我抬起头看了一眼冰雪覆盖的顶峰，此刻，它在蓝天下闪着夺目的光辉；我又回过头看了看跟在队列最后的穿红色冲锋衣的阿珂，觉得此时就放弃，无论如何也对不住昨天决定留下时许下的豪迈诺言："咱们队伍只要有人登顶，就一定有我！"

我叹了口气，紧了紧登山杖的拉绳，继续往上走。

队伍慢慢拉开了。老邬、拖顿、若黛等六人会同三个高山协作加快了步伐，他们决定抓紧时间向顶峰冲刺；我和丁丁、龙玛跟他们拉开了几十米的距离；队员唐猫和一个高山协作陪同阿珂远远地落在了我们身后。

起风了。此时我们已到达海拔4500米的碎石坡，前锋小队正在往更高处攀登。风夹杂着雪末横扫过来，从抓绒帽里掉落出来的一缕长发，垂在胸前结了一层薄冰，不断地抽打着我的脸。

在一块大石头边，我们拄着登山杖休息。丁丁递给我一瓶红牛饮料和一小把葡萄干。冰冷的饮料喝下后，身体里里外外都像要结冰似的，我赶紧起身，继续前行。

风更大了。在狂风肆虐的间隙里，我们弓着腰艰难地往上走。红牛的能量似乎在慢慢体现，我的腿好像不软了，呼吸也变得平稳。

当到达海拔4600米的山脊上时，致命的危险与我擦肩而过。

山脊像刀背，两侧都是悬崖，一阵大风悄无声息地从一侧扑了过来，我猝不及防，身子一晃扑倒在地，惊惶间我抱住了丁丁的左腿。幸好，丁丁的登山杖牢牢地插进了结着薄冰的碎石坡里！大风过后，我从地上爬起来，惊魂未定地看着身边的峭壁，长长地吁了口气。

又到了海拔4800米的雪坡上。又是九级大风。哈巴雪山上的天就像婴孩的脸，说变就变。

我和丁丁、龙玛挣扎着往前走。天色已近正午了，我知道无论如何努力，我们仨今天都来不及登顶了。但我们还在向前，希望能更接近绝望坡，哪怕看着我们的前锋攀登绝望坡也好，我还想看看，那个传说中让人无限绝望的地方到底是什么模样。

我们在大风中又前进了约一百米。此时，前方的山坡上出现了人影，我知道，哈巴雪山顶峰又一次无情地拒绝了我们。

前锋队抵达了绝望坡，但此时的风速让十二次成功登顶的老邬也始料未及。老邬做出放弃的决定前，内心有过怎样的挣扎，我们不得而知，但我第一次如此真切地明白，在大自然面前，人类是多么渺小，多么微不足道。

我们向大本营撤退，再从大本营走回哈巴村。

高山杜鹃重新怒放在眼前，涓涓溪流从脚旁无声地流过，牛羊在草甸上悠闲地散步，山脚村庄的房舍上飘起了袅袅炊烟。我回望夕阳笼罩下的哈巴雪山，大团大团的流云正飞速掠过它的顶峰，它静静地屹立于天地之间，向景仰它的人们展现着那冰凉的魅惑。

冰凉的魅惑

在海拔四千八百米的山梁上
亲近你冰凉的容颜
巨大的轰鸣声破空而至
九级大风猛烈拍打
你我此生的第一次相逢

是了
就是这里了
我远走他乡
要贴近的纯粹清澈
已无须隐藏

请原谅我脚步迟缓
大地上升

轻软的锦缎逐渐后退
河流、牧场、云杉、高山杜鹃
我不肯错失每一处细微的风景
直到冰雪把绚丽覆盖

木头房子的大本营里
炉火照亮了风雪夜
火堆边的陌生人啊
今夜
我们是兄弟

等不及天明
我们在大雪中起程
前路模糊
头灯照着同伴的脚印
呼吸消失在风声里

黎明的曙光是我的容颜
四千八百米的山梁上
仓皇四顾
我看见你凛冽的身影
在风雪中屹立

我知道我会永忆

这一场冰天雪地的跋涉

会将这一抹冰凉的魅惑

藏于余生的

日日 夜夜

2016年5月8日

漫步奈良

从京都去大阪，有一天的空闲时间可以停留奈良。

清晨，乘坐JR从京都站出发，中午在宇治享用一顿著名的“辻利”抹茶茶点后，继续前行，于黄昏抵达奈良。走出JR站，漫步在急雨过后云淡天青的奈良街头，心情格外舒坦。

预订的胶囊旅馆在步行街中段。一路走过去，但见街上人来人往，熙熙攘攘，热闹非凡。街道两边店铺林立，以药庄为主，信步进入其中一家，中国导购的声音提醒你，这里是华人出没的地方。随手拿起几件熟悉的商品，一对比价格，比京都要贵一些，于是放弃购物的意图。

叩响旅馆大门，一个戴眼镜、留小胡子的青年开门鞠躬，欢迎我们入住。换拖鞋，取柜门钥匙，将行李箱安顿好，再四下打量，眼里有新鲜、眉梢有好奇——毕竟是第一次落脚这样的地方。

旅馆公共区间小而精致，客厅饭厅两间卫浴都有合理的布局，敞开式厨房可以自己做饭，咖啡甜点也有贴心安排。卧室一间，分上下排列着八张胶囊式床位，每张床位里床头灯、充电桩、梳妆台、衣服挂等物品一应俱全，拉上帘子，便是一个独立空间。床品干净，气味清新，空间虽小，但不让人失望。

夜幕降临后，我们走上街头，走向奈良公园。

奈良以鹿闻名，城市的主体部分是位于奈良市街东边的奈良公园，占地660公顷，大约有1400头小鹿在此生活，故奈良又被称作“鹿之城”。据说，春日樱花灿烂、夏天绿草苍苍、秋季红叶遮天时，奈良公园都美如画卷。此时正值隆冬，天寒地冻草木凋零，奈良之美该是打了一些折扣——我想。

步行街北端往东拐，有个缓坡，人行道边，一个卖炒饭的夜宵摊子正炉火熊熊，香气在夜色中弥漫。大家刚在旅馆用过茶点，不饿，但仍想尝尝，于是点一份炒饭要四双筷子。刚端着走一段，身后响起脚步声，扭头一看，那夜宵摊主竟又端了一盒炒饭赶过来，往我们手上一递，鞠一躬，又匆匆跑回去做生意了。四个人面面相觑，又盯着不远处那个摊位看了看，鞠一躬，再鞠一躬，然后找个角落，享用那份善意。

“那个善良的摊主以为我们遇到了难处，吃不上饭了。”红妹妹端着炒饭，侧过身来对我轻声说。香味扑鼻，夜色温柔。

奈良公园在夜幕笼罩下静悄悄的。刚开始以为小鹿们都卧在哪儿睡觉了，待眼睛适应黑暗后才发现，阔大的公园里到处都是轻盈跳动的鹿。有行人手拿仙贝（奈良公园随处贩卖的一种鹿食）走过，大约是闻到了气味，立刻围上来一群小鹿，争食仙贝。没有喧哗声，一切都是宁静的。

我们一边穿过公园，一边找垃圾桶，想扔掉那两个快餐盒，但没有找到。实际上，从踏上日本的那一刻开始，除了在JR站偶见擦得锃亮的垃圾箱，就再也未见其踪影。有时，手里拿着一点果皮纸屑，走上一天，最后仍是带回住所。

日本是垃圾分类最细化的国家，最基础的分类是八类，有的地方分到十四类，甚至还有更多的。有朋友嫁到日本，回国后讲起在日本的生活，说最初的困难并不是来自语言，而是不知如何改掉在国内养成的各种陋习。

途经一个公共厕所，欣喜若狂地奔过去，打算把快餐盒丢掉，进去一看，迎面墙上用中英日文写着“不要乱扔垃圾”。午夜，快餐盒随我们回了旅馆。

一夜酣睡。

清晨，街上的店铺次第开张。走进一家美式早餐店，唯一的服务员是位花白头发的老年女士，她向我们微笑鞠躬，引座点单上菜有条不紊。面对就餐的客人，老太太脸上始终带着温暖的笑意。

时常听人说起日本老年化现象严重，各行各业聘用退休老人很常见。走进超市、饭馆、杂货铺等，确实见到很多白发苍苍的老年人做服务员，基本见不到像国内公园里、广场上那样老年人扎堆的情景。在龟冈市偶遇某议员，我曾好奇地向他咨询过这个问题，议员回答，日本老人希望活得体面、有价值，不给年轻人添麻烦，只要还能工作，就会继续，极少有退休后赋闲在家的。

走出早餐店时，正在忙碌的服务员立刻停止手头的工作，向我们鞠躬致谢道别，布满皱纹的笑脸让人动容。

行至步行街南端，上坡，经由兴福寺，我们再次踏入公园。

兴福寺正在整修，大型机械在作业，但不见尘土，噪声也不大，不影响观光漫步。小鹿在各处走动，时不时用嘴去拱游客的背包，像调皮的孩子。有工人在湖边搭着脚手架修剪树枝，十几只小鹿站在树下仰头望着，工人把剪下来的树枝小心地丢到地上，小鹿们欢欢喜喜地去吃枝上的叶子，吃完了又仰头望着。我站在远一点的地方拍照，看人与自然和谐共处，很是感动。

在湖边的一面山坡上，我终于见到了垃圾！那是一个饮料瓶子，躺在石阶边的草丛里。几个人站着商量了一下，要不要捡走。大家你看看我，我看看你，都背着行李、拿着东西，最后还是放弃挣扎，走了。大眼睛的小鹿在身后看着我们，如果会说话，该责备我们吧？

那是我们在日本旅行一周，见到的唯一垃圾。

若草山正是封山季节。每年十二月的第二个周日，至来年三月的第三个周六，人们只能在山腰栅栏外仰望山坡草场。如果错开这段时间，花上150日元（约合人民币9元）买张门票，即可进山攀登，经过一重目、二重目，到达三重目，便可俯视整个奈良盆地。

我们来早了。如果再迟一个月，便能遇上若草山的烧山节。那天，整个奈良城的人，都在等太阳下山、夜幕降临，好观赏依次进行的烟火盛典和烧山活动，那该是多么壮观的景象啊。

此时的若草山暖暖的，静静的，金灿灿的。阳光扑在身上，轻风拂过发梢。天蓝得夺目，伸向半空的枫树枝丫上，残剩的叶子红得惊心。

山脚下，“大华严寺”前，成群结队的小鹿与络绎不绝的游人嬉戏；寺院上空，日本人视为吉祥之鸟的乌鸦大群大群地飞舞盘旋，鸣叫声回响在美丽的奈良公园里。

黄昏时，我们告别小鹿，告别奈良。

2019年1月20日

有一种蓝叫羊卓雍措

1

我时常在梦中与她相见。

梦境特有的幽暗阴沉的背景里，她依然保持着明亮的蓝，蓝得妩媚，蓝得热烈，蓝得华贵。

最初，是一支歌，唤起了我对她的向往。歌声中的她是一位仙女，诵咒祈愿，把万丈光辉洒下凡尘，再把自己变成一汪清碧的湖水，躺在了喜马拉雅群峰的怀抱。自此，滋润万物，哺育无数生灵。

顺着歌声的指引，2007年的春天，我穿越万水千山，去访寻她的踪迹。

我乘越野车从拉萨出发，过曲水大桥往南，沿拉亚公路前行，翻越5030米的岗巴拉山口，一路颠簸到达她的身边。蜿蜒陡峭的盘山公路尚未铺上柏油，碎石路面扬起沙尘，扑向一侧深不见底的峭壁，让长期在南方平原生活的我心惊肉跳。当车在山顶停下来时，我还没有从惊悸中缓过神来。就在这时，她竟如梦幻般出现在眼前!

尽管早有耳闻，也浏览过无数的图片，但只有站在了她的身边，亲眼见识了蓝天白云下她的模样，你才能相信，有一种美，是无法用想象塑造出来的。

那是一泓从未见过的铺天盖地的蓝，在耀眼的阳光下静静展开。那究竟是蓝天流到了地上，还是湖水淌向了天空？明明应该是浩瀚奔腾的大美，却寂静无声，仿佛一场战马嘶鸣的战斗即将打响，阵地之前却只闻旌旗猎猎。

是了，这就是她了。只有她，才有这摄人心魄的蓝。

站在岗巴拉山口向她望去，她婀娜的身段安卧在两岸黄褐色的群山下，本应俯视的风景，却因其铺展至远方与雪峰和白云相接，而分外高远辽阔；那镜面一般平整的水光，居然不映山色，只一味伸展她那一片纯净的、不染一丝杂色的蓝。

就这样，第一面，她就将我彻底震撼。在那个春天的正午，我坐在山顶与她静静对视，任她宝石一般的蓝深深印进我眼里，刻入我心中。

2

这个夏天，我再次与她相逢。

从山南归来，我和我的朋友们要去日喀则。我们下午四点从拉萨出发，走新修的机场高速入G318国道，路况好得出奇。岗巴拉盘山公路依然陡峭险峻，但临崖一面垒了石标，路面铺了柏油，大客车驶过干净的路面，再也不用担心尘土挡住视线。

下午五点半，我们抵达山口。

山上新修了停车场、售票亭和旅游商品店；临湖一面的平台上，竖起了“羊卓雍措”海拔碑，三三两两的观光客在碑前合影留念。不时有藏民前来询问是否要与藏獒、牦牛合影，那些高大威猛、脖子上有一圈颈链一样密毛的藏獒乖巧地站在石头上，等着游客去亲密接触。

与五年前相比，游人明显多了，往来车辆络绎不绝。

但是，羊卓雍措没有变！她还静静地躺在那里，与蓝天白云相对，与两岸群山相依，恬静、安详，仿佛时间早已停滞。

汽车顺着盘山公路下行至湖畔，再沿着湖边行驶。车速已经很慢了，可大家还一再要求司机王大哥：慢些！再慢些！让我们多看看、多拍拍。后来，王大哥索性把车停在湖边，让我们下车拍照。可是，任你手中拿着长枪短炮，又如何能拍得出她的千娇百媚？

湖两岸的高山草场绿了，云朵一样的羊群在山坡上移动；湖畔块状田地里的油菜花开了，与绿油油的青稞交织在一起，黄绿相间，美不胜收；山坡上的房舍层层叠叠顺势而下，屋顶炊烟袅袅。面对如此美景，你如何舍得眨眼？又如何舍得转身离去？

站在山上眺望，湖是静寂的，连同天上的云，也静静地停在山巅；而近身打量，湖水却荡漾着粼粼波光。太阳已经西斜，山体投在湖面上形成了深蓝；白云飘在半空，影子投在湖面泛出了浅蓝；大片无遮无掩的湖面，则是清透纯净的天蓝！我在这深深浅浅的蓝色里沉醉、迷失，直至挪不动脚步。

有怀抱小羊羔的孩子来请求合影，两块钱的小小要求，在这醉人的蓝色里让人不忍拒绝。我抱过小羊，在清冽的湖水边蹲下，嘴角自然扬起了幸福的微笑。

在这难忘的夏日黄昏，我们沿着湖边行驶，蔚蓝的湖水逐渐变深、变暗，最后消失在不断回望的目光深处。

2012年8月28日

一双胶鞋

时至今日，我依然清楚地记得那双胶鞋的每一个细节：鞋面是丛林迷彩帆布，苍绿已褪成微黄；鞋头部位有防刮密织布；橡胶鞋底的防滑钉已经磨掉，凹槽纹路却还清晰；没有鞋带。

见到那双胶鞋时，我的脚已在泥水中浸泡了两天。

从拉萨出发是清晨六点。天还未亮，连续失眠多日的我，昏头昏脑上了车，一直到山南，我都未意识到已经出现了重大失误。

扎日神山的转山起点是扎日乡，此地到错嘎湖需翻越娜拉、邦拉、扎拉三座大山，徒步约需十五小时。我们于凌晨三点半起程，那时，天空黑如泼墨，下了半夜的雨浇透了每一寸土地，一脚踏下，泥水立刻淹没了我的网面慢跑鞋。

“身体在炼狱，眼睛在天堂。”这句话用来形容我，是贴切的。

“娜拉”意即森林之山。从切开来的扎日河谷穿进来的风，为娜拉和扎日乡带来多雨、大雾气候，这座森林之山的植被因此异常丰富。笔直挺拔的雪松、云杉和怒放的高山杜鹃，在逐渐亮起来的天光里繁茂昌盛。

草甸之山“邦拉”的美丽，要等到翻越垭口之后才会显现。在那个被高山杜鹃簇拥的硕大山谷里，流水潺潺，绿草茵茵，成群的牦牛和马在草地上漫步。

离“邦拉”不远的地方，前往错嘎湖的最后一座山“扎拉”，正披着满身冰雪，打量着跋山涉水而来的我们。

然而，这些磅礴壮丽的景色，并不能缓解我的不适。五月的扎日天还很冷，我们还需抓绒冲锋衣保持体温，但我的双脚长时间浸泡在泥水里，让本就被高山反应、失眠、过敏等顽症折磨得痛苦不堪的我，变得更加虚弱。在翻越大雪覆盖的碎石之山“扎拉”时，脚由冷变得疼痛，后来渐渐麻木。

抵达错嘎湖畔以后，我的脚并没有得到安慰。营地有火塘，经半夜努力，网面鞋被烘了个半干，但第二天转湖时，瞬间又灌满了寒冷入骨的雪水。所以，当我走进错嘎寺，见到在茶水间制作藏香的藏人时，我给他们看了看我那双被泥水泡得发白打皱的脚。

但这里物资太缺乏了，一张纸、一节电池、一块饼干都显得弥足珍贵，更何况一双有防水功能的鞋子。他们看了看我，没有吱声。正当我转身打算离开时，一个藏族大哥叫住了我，递给我一双旧胶鞋。

我提着那双胶鞋往营地走，我说不出话。我不知道要怎么感谢这个藏族大哥，他并不肯要我的钱，可是，我拿不出别的东西表达我的心意。

自从踏上转山之旅，就一直在接受藏族朋友的帮助，他们分给我们食物，让我们在弹尽粮绝之时不至于挨饿。我们不知道沿途没有补给，不知道营地简朴得只有美景，不知道会因为缺氧头晕而遗落了我的登山鞋。朋友乌金加措劝我安心接受这份馈赠，他说，接受，有时候也是一种美德。

穿着那双旧胶鞋重新上路，我的心情是愉悦的。一双干燥的防水鞋，对于饱受泥水浸泡的脚来说，是多么重大的改观啊。胶鞋没有鞋垫，踩在地上有点冷硬，我把两双厚袜子全穿上，鞋带扎得紧紧的，美滋滋地出发了。

错嘎湖返回扎日乡，整整走了十二个小时。雨夹雪比两天前大了许多，浓雾和雨丝一直笼罩着天地，路况变得更加糟糕，可是，我的双脚却因为这双胶鞋，一直保持着温暖和干净。

在扎日乡住了一晚后，我们继续转山之行。

扎日神山由一群山脉组成，一半在中国境内，一半在印度控制区。主要的转山线路要分割成三大部分：一条是扎日乡到错嘎湖，一条是参观神仙洞，一条是机甲寺到卓玛拉垭口再到玉麦乡。

第二天早上，当我准备穿上胶鞋前往神仙洞时，发觉我穿不进那双鞋子。我以为经过长途跋涉，是我的脚肿了，就把鞋子塞进背包，穿回了已经烘干的网面鞋。

机甲寺前往卓玛拉山口的早上，我再次从背包里拿出胶鞋，试了许久，仍然穿不进。拿起来跟我的慢跑鞋对比，很明显，要比我的鞋子短许多，于是仔细辨认鞋底的字样，我这才惊讶地发现，这是一双37码的鞋子，比我的脚小了整整两码！

这天晚上，我们到达扎日神山转山的终点站，中国距所谓“麦克马洪线”最近的乡——玉麦乡。在那里，我取出这双神奇的旧胶鞋，擦拭干净后，放在了家庭旅馆的回廊上，希望有朝一日，它也能温暖别的行者。

告别玉麦踏上返程时，我透过车窗最后看了一眼那双旧胶鞋。太阳升起来了，鞋面的绿色丛林花纹披上了一层明媚的霞光。微风拂在我脸上，一切恍如在梦中。

顶礼神山

跋涉万里
只为贴近那起伏的山峦
流传千年的转经道云雾缭绕
即使闪电
也划不破这寂静时空

从凌晨三点到暮色苍茫
从第一天到第八天
我们一直在行走
雨停了又下
阳光来不及盛开
大雪又抢先飘落
碗口大的高山杜鹃蜿蜒成灾

远古的扎日神山上
天光倾泻
冰雪覆盖了连绵的二十一峰
在时光的褶皱里
沉默的“麦克马洪线”是大地的伤口
一经开裂，再难弥合

我来到这里
带着光过敏失眠症
和严重的高山反应
我看见白云奔涌成花朵
看见死神撞疼了肩膀
佛光透进了额头

娜拉 邦拉 扎拉 错嘎湖

我顺着宿命的指引翻山越岭

机甲寺 卓玛拉山 曲桑 玉麦

我用双脚触摸那一个个陌生的名字

直到大地重归寂静

也许一生

只有这一次相逢

我愿抚摸那一寸寸美好

让悲伤再也无法隐藏

嗡阿吽，班杂咕噜贝玛悉地吽

2016年9月26日

隔窗看人事，相似略不同（代跋）

李斯

初识韵珂，在其诗意清奇悦顺，这恐怕是她众多诗友共同的感受，并非我一己之私见；再闻消息，已是N年之后。其时，一羸弱女子因追悼同道竟罹缧绁之苦，喟叹伤悲之余，禁不住对此刚烈之女远胜须眉的胆识敬佩有加，自愧弗如，此其二。戊戌岁末，韵珂《一梦江湖远》初成，读来和风扑面，通体明快。己亥岁首，廿七篇美文已然琢毕做付梓状，属余不吝刀斧。想我一介草民，岂敢造次，唯有朝花夕拾，搜索枯肠，陈列杂感以共贺。

从来诗文相通，故有识字断人之说。假如以为韵珂乃潇湘女子，又兼鉴湖女侠之侠肝义胆，便以秋瑾之“膝室空怀忧国恨，谁将巾帼易兜鍪”这样的文字贸然比拟，却不免流俗，囿于窒碍。

韵珂诗文，初读即感明确无误的现代性，细看字里行间，无不流露自然天成的后现代关切。何谓现代，何谓后现代，限于篇幅，只能借韵珂文字略述管窥之见。

我国文字，向以载道解惑为己任，视逍遥如粪土，所以老庄之学适合文人墨客之梦境而常居于庙堂之侧。唯其珍贵难得，刘氏小枫才奋力讴歌，作《拯救与逍遥》记之。水浒者，剪径行窃者替天行道；红楼一梦，男女媾和，颇类勾栏之作，更显得“白茫茫大地真干净”。三国之争，原以为揭开人间征伐之奥妙，实则不然。唯一西游，怎么看都显出了文字真意，只可惜四者但居其一，令人扼腕。

本来，读书人深明大义，关心民众疾苦无可厚非，然而仓颉之造字，不独以横竖方块托生民苦厄；文字激越，激痈塞之沉疴，越俗世之拖累。或入世或出世，一字之差，竟然有传统与现代的鸿沟之隔。所以说现代之文字，无论主旨如何变化多端，摆脱现实主义之诉求，乃是所有现代主义文学共同的标记。如果说现实主义以典型环境之典型人物诉诸读者表浅的情感反馈，现代主义则要抽象经验之堆积而臻于人生真相的另类表达。及至后现代主义，乃是二战后西方读书人一致的努力朝向。

文学进入后现代主义，不啻“本末倒置”，俗话说的否定之否定，究其根源，无非要还文学本来之面目。譬如，解构者，解文本之构，文字本身就是其承载的实物。文本即文本，寓意是寓意，寓意万千而文本唯一，此亦返璞归真之正解。又譬如，大凡文字之作，莫不是回忆使然，彼回忆与此回忆皆是回忆，人本之特质，所忆之真假多寡，皆能揭示人物的道德趋向。既如此，何处着墨，点染之笔触，也见得出匠心之深浅、功夫之高下。

说韵珂的文字极具现代性和后现代性，不是说她就彻底跳出了写实主义之窠臼，至少我们可以窥见其写人状物时不自觉的后现代艺术潜流。说起这种后现代性（Postmodernism），刘索拉和残雪这两位女性在20世纪80年代的亡命突围，应该是关心中国文字举措的各位不会陌生的。反观她们这一派尝试者的文字，并没有哪一处故意要弄出神五神六的异化效果，或是偏要画虎为人的执拗之举,她们有意识的西化写作，原本是大量阅读导致的必然结果，更何况敏锐的艺术触须，对于新奇表现手段的亲和性，实际就是这样一种恰逢时雨的自然效果，好似一条有意识的枕头幻遇无意识的瞌睡，一拍即合。以下用韵珂几篇文字取譬：

《老道散记》所记，绝非寻常杂事。作者几段点染，突出吹埙、作词、醉酒烧烤、拜把子、开关酒肆和探访老宅，烘托出一个几近传奇的江湖人物：内里魏晋，外表水浒；着墨不多，形骸立现。

同样写人,《紫藤花影听禅音》却如同晚年毕加索，画风突变，极尽浓墨重彩。写的是落寞细致女人，因此色调的富足替代了行事的果敢刚毅。开篇即是“绣衣……蜡染，色或湖蓝，或藏青，或杏红”，进而“紫藤花海”间以“一壶清茶一窗斜雨”，之后鱼贯而入的“香梨，皆果实累累，很多已熟透落在地上，两只松鼠在梨树下跳跃；两棵柿树，稀疏的枝叶间还挂有橙红的柿子；三棵桃树、五棵垂柳、几丛瘦竹，还有数棵不知名的大树……还有池塘！”“水里种莲，岸边栽花”，“落地玻璃墙外花影重重、翠色苍苍”。作者极尽描绘之能事，无非突出“禅影”二字。原来禅字近俗，在经历世故变迁的“锡雨”形象中，才能参透常人不易见着的深意。

用字讲究的写手，往往习得一项本能，三招两式里，淅淅沥沥汇成一泓清水，识得者自然嗅出亲切独特之文风。在今日英国顶尖的作家里，巴恩斯透出这种文风，同道唤作“Englishness（英伦味）”，说的就是这股劲道。见过羊卓雍措的，莫不为其蓝色所魅；如何描述这种蓝，却不是人人都会的。《有一种蓝叫羊卓雍措》通共两段千余字，所记不过两个夏天两次见到藏区湖水的寻常经历。可是，只有经过诗意陶冶的散记写手，才能把独一的“蓝”字写出生命来。“那是一泓从未见过的铺天盖地的蓝，在耀眼的阳光下静静展开。那究竟是蓝天流到了地上，还是湖水淌向了天空？明明应该是浩瀚奔 腾的大美，却寂静无声，仿佛一场战马嘶鸣的战斗即将打响，阵地之前却只闻旌旗猎猎。”能够与之媲美的，恐怕只有拿生命写青海湖的海子，此是旧话，按下不表。

《先生》一文，罗列细节时，看得人眼热腹紧，每每不能自持，然而铺设背景身世，却又惜字如金，万分讲究。这是一种笔触的精明（ canniness），自藏一种大智慧。盖因明白此文名堂的大部分作者，大抵明白教书匠的大致情形，因此费墨极少，画龙点睛，而细节则人人相异，魔鬼隐于其中。故有多处神来之笔如：“先生姓余，瘸腿，教我们语文……单身与腿瘸有关，腿瘸与‘文革’有关。”“先生与叔叔未曾谋面，但这个理由不能保全先生的腿。”有过类似描述的亲身经历者，根本无须更多一字来补全中间的种种辛酸与苦痛。诸般经历，用勃朗特女士的话说：“It is universally acknowledged that（大家公认）……”

读韵珂文字，未曾有真假叙述的辨别之苦。诚然，所谓的叙述之实（narrative truth），原本就是作家的专权，虚实本无较真的必要，尤其是现代写作之真，作者更无须背负推举这块西西弗斯之石。对于集体历史与个人史实的解剖，全在作者自己的诠释自由中，文章高妙，正在虚实相间的频率与振幅，忆之所及、情之所至，便是妙莲涌现时，此其一。其二，用心的作者，当然尽量避免妄念横生、滥添枝叶，总还是在选材与点染之间做文章，故在识者眼中，实者自真，虚处缥缈，尽得神通之快意。

虽与韵珂未曾有谋面之幸，其人其事，多有道听途说之嫌。不识者，时常为其微群内插科打诨之语所误导；然而文不欺人，字与品格想来相去不远。读其文字，实是幸事一桩。此种心境与感受，愿与读者诸君共融于万一。

2019年5月17日

识于佑泉苑

图书在版编目（CIP）数据

一梦江湖远 / 韵珂著. — 西安 ：西安出版社，2019.12
ISBN 978-7-5541-4015-4
Ⅰ. ①一… Ⅱ. ①韵… Ⅲ. ①散文集—中国—当代 Ⅳ. ①I267

中国版本图书馆CIP数据核字（2019）第145985号

YIMENG JIANGHU YUAN
一梦江湖远

著　　者：韵　珂
出 版 人：屈炳耀
责任编辑：赵郁芬
出版发行：西安出版社
社　　址：西安市曲江新区雁南五路1868号影视演艺大厦11层
电　　话：（029）85253740
邮政编码：710061
印　　刷：陕西天地印刷有限公司
开　　本：880mm × 1230mm　1/32
印　　张：9.25
字　　数：171千
版　　次：2019年12月第1版
印　　次：2019年12月第1次印刷
书　　号：ISBN 978-7-5541-4015-4
定　　价：45.00元